翡翠の花嫁、王子の誓い

水瀬結月

19941

角川ルビー文庫

JN267452

目次

翡翠の花嫁、王子の誓い　五
あとがき　二三五

口絵・本文イラスト／明神　翼

まるでおとぎ話のワンシーンみたいだ……と、辻占晴季《つじうらはるき》は他人事《ひとごと》のように感心した。

太陽の光に姿を与《あた》えたかのような黄金の髪《かみ》。どこまでも晴れ渡《わた》った空の、澄《す》んだ青を湛《たた》えた双眸《そうぼう》。整った顔立ちなどというレベルではない。計算しつくされた芸術品のような、完璧《かんぺき》な容《よう》貌《ぼう》。

完全無欠の、正真正銘《しょうしんしょうめい》、本物の『王子様』。

そんな彼が漆黒《しっこく》のタキシードに身を包み、目の前に跪《ひざまず》いている。

晴季の左手を、そっと……それでいて明確な意志をもって握《にぎ》り、薬指に嵌《は》まっている翡翠《ひすい》の指輪を見つめて。

永遠にも思える沈黙《ちんもく》の後、彼はスッと視線を上げた。

晴季の目を見つめる。まっすぐに。捕《と》らえるように。

そして美しく整った薄《うす》い唇《くちびる》を、ゆったりと開いた。

「偉大《いだい》なる翡翠の占《うらな》い師、『神秘の翠《みどり》』よ。あなたの力が必要なのだ。どうか我がヤーデルブルク王国へ――私とともに、来てほしい」

魅惑《みわく》的な笑《え》みとともに告げられた言葉に、晴季だけでなく、居合わせた家族全員が絶句した。

＊　＊　＊

——今日こそ、ひとりで占ってみせる。

晴季は気合を入れて、左手の薬指に嵌まっている翡翠の指輪——通称《つうしょう》『神秘の翠』に全神経を集中させた。

ここは自宅の敷地《しきち》内に建っている『占いの館《やかた》』。

外観はただの一軒家《いっけんや》だが、一歩足を踏《ふ》み入れると神秘的な空間が広がっている。

調度品は極端《きょくたん》に少なく、六畳《じょう》ほどの室内には占いに必要なテーブルのみ。壁《かべ》を覆《おお》う白い布と色彩《しきさい》豊かな淡《あわ》い間接照明で非日常を演出し、衣装《いしょう》もまるで西洋の魔法使いのような、異国情緒たっぷりな出《い》で立ちとなっている。

しかし服はともかく、ヴェールを頭からすっぽりかぶって目だけしか露出《ろしゅつ》していないというこの恰好《かっこう》には、理由がある。

それは——。

「それでは、始めます。ご準備はよろしいでしょうか？」

テーブル越《ご》しに依頼《いらい》者と向かい合った状態で、晴季は言った。努めて落ち着いた声で、ゆっくりと。

「うむ。万全《ばんぜん》だ」

そう答えた本日の相談者は、父の代からの顧客《こきゃく》である代議士だ。

彼は晴季の視線を受けて、僅《わず》かに居住まいを正した。

代替《だいが》わりした当初は居丈高《いたけだか》な態度を取られていたが、少しずつ軟化《なんか》し、ここ一年ほどで見違《みちが》えるくらい敬意を払《はら》ってくれるようになった。おそらく先の選挙で苦戦を強《し》いられていた時の占いが、思いがけず役に立ったためだろう。

しかし当初の態度も無理はなかったと思う。なぜなら彼は、晴季のことを生まれた時から知っているのだから。

それこそが、こんな恰好をしている理由だ。

二十五歳になった今でこそ、それなりに大人扱《あつか》いしてもらえるようになったが、晴季が家業を継《つ》いだのは十八歳の時だった。

ただでさえ未成年の上に、どちらかというと童顔。その上、赤ん坊《ぼう》の頃《ころ》から知っているとなれば、彼の目には晴季はどうしたって「子ども」に映ってしまっていただろう。

客観的に考えて、自分の人生を左右するような相談を、「知人の子ども」に好んでしたい人はいないと思う。実際にそういう主旨《しゅし》のことを吐《は》き捨てて、二度と来なくなった人もいる。

父の代からの顧客たちは、ただ『神秘の翠』の力を求めて残ってくれているだけだと分かっていた。

彼らが晴季に占わせるのは、父がもうこの世にいないからだ。どんなに望んでも、父にはもう占ってもらえないから。

両親が事故で他界したのは、今から約十年前、晴季が十五歳の時だった。仕事以外はどこへ行くにも一緒《いっしょ》だという本当に仲のいい夫婦《ふうふ》で、天国まで一緒に行ってしまった。

家には晴季と、ふたりの弟だけが残された。

次男の咲《さき》とは二つ、末っ子の充希《みつき》とは八つ、歳《とし》が離《はな》れている。両親を亡《な》くした時、充希はまだ小学生になったばかりだった。

自分が、弟たちを守らなければと思った。

けれど晴季自身もまだ中学生で、なんの力もなくて……無力な自分が悔《くや》しくてたまらなかった。

後見人には、叔父《おじ》がなってくれた。父の弟である叔父の隆之《たかゆき》は、ずっと占いの館のサポート業務をしていた。

辻占家では、長子が占い、次子が補佐《ほさ》をすることが、代々受け継がれてきた約束事なのだ。

家業である『占い師』の起こりは、江戸《えど》時代中期にまで遡《さかのぼ》る。先祖の女性「たえ」が、呪術《じゅじゅつ》道具である翡翠の指輪——『神秘の翠』を、神の遣《つか》いである『白馬』に授《さず》けられたところから、その歴史は始まる。

占う方法はシンプルで、『神秘の翠』を嵌めた手で相談者に触《ふ》れ、相談事に対して『是《ぜ》』か『非』かを答えるというものだ。

たとえば「目の前に分かれ道」があるとする。相談者が「左の道へ進んでいいか」と相談したら、『神秘の翠』は『是』か『非』か答えてくれる。

とはいえ、言葉が浮《う》かんでくるわけではない。感じ取れるのは『明るさ』のみだ。脳裏《のうり》にある「占いの小部屋」を、ゼロから百までの段階に応じて照らしてくれるというイメージ。もちろん目盛りがついているわけではなく、明るければ明るいほど『是』が強くなるという感覚。それを言葉に置き換《か》えるのが、占い師の仕事だった。

——今日こそは。

もう一度気合を入れ直す晴季の前で、代議士が大きく深呼吸した。目を閉じて、深く、深く。これが彼の精神統一の手順だ。

占う内容を声に出してもらう場合はここまでの集中を必要としないが、代議士という仕事柄《しごとがら》、昔から決して声に出さずに占っていたようだ。

深呼吸の後、代議士はテーブルの上で両手を組んだ。指と指を絡《から》めて合わせた手の中に、相談事を閉じ込めるようなイメージを抱《いだ》いているという。

代議士が目を閉じたまま、頷《うなず》いた。

晴季の出番だ。

「占います」

一言かけて、代議士の手に、自分の手を重ねる。

翡翠の指輪を凝視《ぎょうし》して、その不思議な模様の中に飛び込もうとするように。

——感じ取れ。感じ取れ……！

呪文《じゅもん》のように胸中で繰《く》り返す。脳裏にある「占いの小部屋」に光が差すのを、飢《う》えるように待ち望んだ。

——お願いです。父さん……歴代の『翡翠様《ひすい》』……おれに力をください。ひとりで占える力をください……！

懸命《けんめい》に念じた。けれど光は差さなかった。

代議士の指がピクリと動く。時間をかけすぎた。これ以上は不審《ふしん》を抱かせてしまうと、悔しさに歯噛《はが》みしながら晴季は顔を上げた。

壁際《かべぎわ》に視線をやる。そこには晴季とまったく同じ衣装を身に着けた、弟の咲が控《ひか》えていた。

視線が絡まる。咲の瞳《ひとみ》は澄んだ夜空を想《おも》わせる漆黒で、とても優《やさ》しい。

——ごめん、咲。……今日も、ひとりで占えなかった。

心の中で謝る晴季を、咲の瞳は微塵《みじん》も責めたりしなかった。

スッ……と音もなく、定位置に移動する。代議士の後方。

その瞬間《しゅんかん》、まるで電気のスイッチを入れたみたいに、パッと脳裏に光が差す。

翡翠の指輪が、本来の力を発揮する。

「『是』」

言葉が唇から転がり落ちた。

「ただし、手放しでお勧《すす》めはできません。陰《かげ》りがあります。他《ほか》にもお考えのことはありますか？」

「うむ。では、こちらなら？」

代議士は改めて深呼吸をして、こくりと頷いた。

今度は間髪《かんはつ》を容《い》れずに、ぐっと暗くなる。

『非』。一つ目と比べものになりません。『非』です」

「……そうか。分かった。この件は一から考え直そう」

代議士の言葉に、晴季は少し驚《おどろ》いた。占《うらな》いの結果を信じるも信じないも、生かすも無視するも本人次第《しだい》だ。以前のこの人なら、結果だけ聞いて何も言わなかったのに。

彼に限らず、顧客からの信頼を年々肌《はだ》で感じられるようになってきた。

一般《いっぱん》の人はもちろん、古くからの顧客には政治家や経営者、文化人や芸能人など、地位も名声も兼《か》ね備えている人が多い。見識が広く、決断力もある彼らからの信頼は、自信へと繋《つな》がる。

ただそれも、自分ひとりだけで占えるようになったら……の話だが。

「次は、三つのうちもっとも『是』に近いものを示してほしい」

「承知しました」

一つずつ、確実に占っていく。

晴季ひとりではどうしても感じ取ることのできなかった答えが、咲の協力を得ると難なく脳裏に浮かぶ。

理由は分からないのだが、本来なら長子が単独で占えるはずの『神秘の翠』を、晴季はひとりで扱えない。そしてなぜか、咲が特定の位置に立ってくれた時だけ、能力を発揮できることが分かったのだ。まるで能力を中継《ちゅうけい》してくれるアンテナのような、不思議な現象だ。

同じ弟でも、充希では効果がなかった。叔父が辻占家の歴史を調べてくれたが、そんな現象は前例がない。

なんとかひとりで占えないものかと試行錯誤《さくご》してみたが、どうしても無理だった。

暫定措置《ざんていそち》のつもりで始めた、このふたり体制での占いは、結局もう七年も続いている。

咲は文句一つ言わないけれど、本当なら晴季が占いをしているこの時間、咲は次子としての補佐の仕事に専念できていたはずなのに。

咲には負担をかけてばかりだ。そしてそのせいで、叔父の手もいつまでも煩《わずら》わせてしまう。

家族の協力がありがたくて、それなのに同時に自分が不甲斐《ふがい》なくて……そんなふうに思った途端《とたん》、順調に進んでいたはずの占いが、フッと途切《とぎ》れた。脳裏にあった「占いの小部屋」自体が消えてしまう。

——余計なこと考えるな。集中！

『神秘の翠』を凝視する。刻まれた模様の一つ一つを見つめるうちに、その中へ吸い込まれていくような感覚を覚える。

そして脳裏に、光が差した。

「『是』。三つのうちで、こちらがもっとも強い『是』です」

答え始めると、自然と占いだけに集中できる。

そうして時間いっぱい全力で向かい合い、終わった時にはへとへとになっていた。

帰り支度《じたく》を整えた代議士を、晴季はその場で立って見送り、咲が玄関《げんかん》まで案内する。

代議士の姿が見えなくなった途端、晴季は椅子《いす》にドサッと座り込んだ。

「また……駄目《だめ》だった……」

悔しくて、情けなくて、唇《くちびる》を噛みしめる。自分は長子なのに。弟たちを守りたいのに。むしろ自分の方が、弟たちに支えられてばかりだ。

「なんでですか……？　翡翠様」

指輪を見つめ、晴季は問いかけた。これまで何百回となく繰り返してきた問いに、答える声はない。

一体、どうすれば一人前になれるのだろう。方法さえ分かれば、どんな努力も惜《お》しまないのに。ほんのわずかでも手がかりがほしい。

ぎゅっと眉間《みけん》に皺《しわ》を寄せて思い詰《つ》めていたが、廊下《ろうか》から足音が聞こえてきて、晴季はパッと顔を上げた。

——変な表情するな！　これ以上、咲に心配かけるな！

開けたままのドアの向こうに、咲が戻《もど》ってくる。ヴェールはもう脱《ぬ》いでいた。今日は代議士で店じまいだ。

「お見送りしてきたよ」

「ありがとう。お疲《つか》れさま、咲。今日もごめんな」

できる限り軽い口調で謝った晴季に、咲ははにかみ笑いを浮かべる。

「どうして？　僕は、兄さんの役に立てて嬉《うれ》しいよ？」

天使か。弟が可愛《かわい》すぎて悶《もだ》えた。

咲は絶対に、自分の大変さを表に出さない。占っている晴季がこれだけぐったりするくらいなのだから、咲にだってなんらかの負荷《ふか》がかかっていておかしくないのに、疲れた顔を見せたことがない。

ごめん、とまた呟《つぶや》きそうになって、晴季は誤魔化《ごまか》すようにヴェールを脱いだ。

「兄さん、明日《あした》の予約なんだけど、変更《へんこう》の希望があったから、ちょっと相談していい？」

「もちろん。咲も座りな」

さっきまで代議士がいた椅子を示すと、「いいのかな……？」と遠慮《えんりょ》がちに腰《こし》を下ろす。

テーブルにタブレットを置いて、スケジュールを呼び出した。

予約管理は、すべて補佐《ほさ》である咲の仕事だ。叔父《おじ》に相談することもあるようだが、もうほとんど咲がひとりで行っている。それだけでもかなりのプレッシャーだと思う。

予約は、申し込みは随時《ずいじ》受け付けるが、確定するのは一週間先までというルールを、先代から受け継《つ》いでいる。

しばらくそうして相談していると、廊下をバタバタ駆《か》ける足音が聞こえてきた。

玄関はもう施錠《せじょう》しているから、これは母屋《おもや》から渡《わた》り廊下を渡ってきた充希の足音だろう……と思いきや。

「晴季！　咲！　で、殿下《でんか》が……！」

部屋に飛び込んできたのは、叔父だった。たいていのことでは動じない叔父が、見たこともないほど狼狽《ろうばい》している。

「殿下？」

皇室の方々を思い浮《う》かべる。なにかビッグニュースでもあったのだろうか。

「で、で、殿下、翡翠っ」

あわあわと玄関の方を指さしてそんなことを口走る叔父に、まさか『神秘の翠』で占ってほしいと皇室からの遣《つか》いでも来られたのかと、おこがましいことを考えてしまった。

が、しかし。

「うさぎ……!」

続けられたその単語に、「へ?」と間抜《まぬ》けな声が漏《も》れる。

——なんでうさぎ?　どこからうさぎ?

思わず咲に視線で助けを求めてしまったが、咲も小首を傾《かし》げている。

叔父はそれ以上の言葉が出てこないようで、ドカドカと歩み寄ってくるや否《いな》や晴季の腕《うで》を摑《つか》み、ぐいっと引っ張った。

なんだかよく分からないが、玄関の方に何かあるようだ。

咲とともに、叔父の後に続いた。

廊下の途中《とちゅう》で、咲のケータイが鳴り始める。

「あ、充ちゃんだ。——はい。……うん、仕事はもう終わったよ、大丈夫《だいじょうぶ》。兄さんも隣《となり》にいる。あと叔父さんも……え?」

困惑《こんわく》したような声に、どうしたのかと思ったら。

「兄さん、充ちゃんから。玄関の外にいるみたいなんだけど……」

それを聞いた途端、叔父がダッシュし始めた。

　びっくりして、晴季たちも追いかける。走りながらケータイを受け取り、耳に当てる。

「充希⁉　どうした⁉」

『あ、兄ちゃーん。なんかね、……』

　聞いているうちに玄関に到着《とうちゃく》する。

　先に着いていた叔父が鍵《かぎ》を開け、勢いよくドアを開くと。

「『王子様、拾っちゃった』」

　耳元と、目の前に現れた充希から、ステレオで声が聞こえた。

　高校の制服である学ラン姿の充希の向こうに、人が立っている。

　太陽の光に姿を与《あた》えたかのような、輝《かがや》く黄金の髪《かみ》。どこまでも晴れ渡った空の、澄《す》んだ青を湛《たた》えた双眸《そうぼう》。光沢《こうたく》のある漆黒《しっこく》のタキシードに身を包み、満腹になった猛獣《もうじゅう》のように余裕《よゆう》たっぷりの笑《え》みを浮かべながら、その佇《たたず》まいは気品に満ち溢《あふ》れている。

　圧倒的《あっとう》な存在感。

　彼は、ただそこに存在するだけで『王者』だった。

　こんな人、見たことない。職業柄《しょくぎょうがら》、著名な人と接する機会は多くあるが、視線が合っただけで身動き一つ取れなくなるなんて、初めての経験だった。

「きみが、翡翠の占《うらな》い師か？」

　彼の唇から零《こぼ》れ落ちた声に、なぜか背筋がゾクッとした。

普通《ふつう》に話しただけなのに、オペラ歌手のように朗々と、艶《つや》やかに響《ひび》くバリトン。声質のせいだけではなく、その発声も、抑揚《よくよう》も、すべてが縒《よ》り合わさって彼の存在感を強調している。

「……は、はい」

「その指輪が、『神秘の翠』？」

彼の視線が、スッ……と下方へ流れる。

そこでようやくハッとした。いつもならすぐ箱に仕舞《しま》う大事な『神秘の翠』を、晴季はまだ嵌《は》めたままだった。初対面の人に見せていいような軽いものではないのに。

「あ、その……えっ⁉　ていうか、日本語⁉」

ぎょっとした晴季に、「今⁉」と充希が笑う。

誰《だれ》とでもすぐに打ち解けられるのが充希の特技だが、この場で屈託《くったく》なく笑えるなんてすごすぎる。

「で、殿下、このようなところまで、申し訳ありません。お車の中でお待ちくださっているとばかり……」

叔父が恐縮《きょうしゅく》しきって頭を下げる。

なるほど、この人の来訪を報《しら》せようとしてくれていたのか。

おそらく母屋を先に訪ねたのだろう。『占いの館《やかた》』へ来るには、母屋の前を通り抜《ぬ》けて奥まで進まなければならない。……というか、殿下？　充希もさっき、王子様がどうのと言っていた気がするのだが。

「いや、私の方こそ、突然《とつぜん》すまない。『神秘の翠』の噂《うわさ》を聞いて、いてもたってもいられなくなってしまったのだ」

本当に流暢《りゅうちょう》な日本語だ。彼は一体、何者なのか。

「あの、失礼ですが……お名前をうかがっても、よろしいですか？」

遠慮しつつ尋《たず》ねたら、彼は晴季をまっすぐ見つめて、優美に笑った。

ドキッと鼓動《こどう》が跳《は》ねる。

「私の名は、ヴォルグルフ・ジャッド・フォーンス・ヤーデルブルク。ヤーデルブルク王国の王太子だ」

息を呑《の》んだ。

それは確か、ヨーロッパの中央に位置する小さな王国。周囲を列強国に囲まれているにも拘《かか》わらず、独立した豊かな国だ。

その王国の、王太子だというのか。目の前のこの人が。

「兄ちゃん、王太子さんって、次の王様っていう意味なんだって。でも呼び方は王太子でも王子でも殿下でもなんでも好きに呼んでいいっていうから、王子様がピッタリじゃない？」

得意げに説明してくれる充希の、あまりにも普段《ふだん》通りの態度に、晴季もだんだん落ち着いてきた。

「『ヤーデルブルク』って、確か……古代ヤーデルブルク語で『翡翠《ひすい》の砦《とりで》』という意味でしたよね？」

晴季が言うと、王子は少し驚《おどろ》いたように目を瞠《みは》った。

「そのことを知っている東洋人に会うのは、初めてだ。我が王国に興味が？」

「あ、すみません。翡翠の産地について勉強した時に偶然《ぐうぜん》知っただけなので、あまり詳《くわ》しいことは……」

ヤーデルブルク王国は、かつて良質な翡翠を産出していた。しかし今はもう採れないはずだ。

「偶然？　この世に偶然などというものはない。必然、あるいは――運命だと、私は思う」

何を言っているのだろう、この人は。

思わず固まった晴季の前で、彼はすらりと身を屈《かが》めた。左手を取られる。あまりにも優雅《ゆうが》な所作に呑まれて、拒《こば》むことなどできなかった。

晴季の胸の高さまで持ち上げた手には、『神秘の翠』。青い眸《ひとみ》がスッと細められ、食い入るようにそれを見つめる。

そこに、王子は顔を寄せた。さらりと金髪《きんぱつ》が零れ落ちる。そして――くちづけた。

「っ！」

バンッ！　と雷《かみなり》に打たれたような衝撃《しょうげき》を受ける。

頭が真っ白になり、見たこともないほど美しい輝きが瞼《まぶた》の裏に広がった。

圧倒的な明るさ。

一点の陰《かげ》りもない、まるで雲の上にいるような純白の輝き。

『『是《ぜ》』』

凜《りん》と響いたその声が、自分が発したものだと、晴季は気づかなかった。

『是』です。あなたが今なさろうとしていることを遂行《すいこう》すると、それに関《かか》わるすべての人々が幸福を得られます」

「……それは、『神秘の翠』のお告げか？」

顔を上げた王子のまなざしが、鋭《するど》く切り込んでくる。

その青い眸に捕《と》らえられた瞬間《しゅんかん》、晴季の脳裏《のうり》からフッと輝かしい光の景色が消えた。

眠《ねむ》りから覚めた瞬間のように、瞬《まばた》きを繰《く》り返す。

「え？　あれ？　……今、おれ……何か言った？」

家族を見回すと、咲と叔父《おじ》は驚いていて、充希は感激したように瞳《ひとみ》をキラキラさせていた。

咲は、晴季の斜《なな》め後方にいる。占いの定位置とはまったく違《ちが》う場所。

「兄さん、今のって……」

「すごいじゃないか、晴季！　いつの間に⁉」

――まさか、おれ……ひとりで占えた⁉

勢いよく王子を見上げる。どこまでも澄んだ青空のような眸が、不思議そうに晴季を見つめる。

「っ、殿下《でんか》、失礼します」

有無《うむ》を言わせず、王子の手を握《にぎ》った。指輪を彼に押しつける。

またしても雷に打たれたような衝撃を受け、脳裏にあの光景が広がった。それと同時に意識が薄《うす》れそうになったが、なんとか踏《ふ》ん張る。

これまで『神秘の翠』で占いをしてきて、こんな光景は見たことがなかった。けれどこれが『是』を表すものであると、晴季にははっきり分かる。いつも脳裏に用意する「占いの小部屋」など必要としない、果てしなく、見渡《みわた》す限りの輝かしさ。

なぜこんなにも鮮明《せんめい》に読み取れるのか分からない。

「……っ」

今度は自分の意志で手を離《はな》せた。

不思議なことに体が軽い。いつも、占った後は体力を奪《うば》われてぐったりするものなのに。

「殿下、今、何を考えていらっしゃいましたか？」

「今？『神秘の翠』のことだが？」

「あ、いえ、そうではなくて……」

なんと尋ねればいいのだろう。

まずは占いの手順を説明して、断りもなく占ってしまった非礼を詫《わ》びて……と考えたが、それは違う、とふと気づいた。

王子は、占いのために特別に何かを念じたわけではなかった。

自然体でいたところに、偶然『神秘の翠』で触《ふ》れてしまっただけだ。

つまり、瞬間的な考えではなく、もっと大きな行動——ここを訪ねてきた理由自体に、『神秘の翠』は『是』と答えたのではないか。

そうだとすれば、あれほど壮大《そうだい》な光景が見えたことも頷《うなず》けると思った。

「なぜ『神秘の翠』をご覧になりたかったのですか？　噂を聞いたとおっしゃいましたが、我々の館を特定するには、よほど確かな情報がなければ不可能だったと思います。一体、どなたに聞かれたのですか？」

「情報源は明かせない。ただ、きみの顧客《こきゃく》の誰かが軽々しくしゃべったわけではないということだけは断言しておこう」

「だったら、どうやって……」

「現在の我が王国の主要産業は『情報』だ。国内には世界トップレベルの情報機関やＩＴ系企《き》業《ぎょう》がひしめき合っている」

つまり彼らにとっては、民間の一占い《うらな》師の所在を割り出すくらい朝飯前ということか。

「そして私は噂の翡翠を見せてもらいに来たのではない。迎《むか》えに来たのだ」

「……え？」

突然、王子はその場で、スッと片膝《かたひざ》をついた。

見上げる長身だった彼を、なぜか今は見下ろしていて……また、左手を取られる。咄嗟《とっき》に指を浮《う》かせて翡翠は触れずに済んだが、離してはもらえなかった。

――なっ、なにこれ⁉

まるでおとぎ話のワンシーンみたいだ……などと、煌々《きらきら》しさに感心している場合ではなくて。

「偉大《いだい》なる翡翠の占い師、『神秘の翠』よ。あなたの力が必要なのだ。どうか我がヤーデルブ

ルク王国へ——私とともに、来てほしい」

魅惑《みわく》的な笑《え》みとともに告げられた言葉に絶句した。

晴季だけでなく、家族全員が。

頭の中が真っ白になって……それは先ほど脳裏に広がった輝《かがや》かしい白さとはまったく違う、いわゆる思考停止で……けれど、それはあの輝きを連想させて……閃《ひらめ》いてしまった。

——この人を占えた理由が分かったら、ひとりで占えるようになるんじゃないか……⁉

「おれ、行ってもいい⁉」

晴季は衝動《しょうどう》的に口走っていた。咲に向かって、許可を求めるみたいに。

咲の艶々《つやつや》な黒い瞳が、まんまるに見開かれた。

——あ、おれのバカ！　なんて考えなしなことを……！

スケジュール管理は咲の仕事だ。そして自分はできそこないとはいえ、ここで占い師という役目がある。弟たちを守るべき立場でもある。それなのにこんな無責任なことを言うなんて、自分が恥《は》ずかしい。

王子に握られていた手を勢いよく奪い返し、咲に向き合った。

「ごめんっ……撤回《てっかい》、」

「僕も行く」

晴季の言葉を遮《さえぎ》って、咲がきっぱりと口にした。

「……え？」

「兄さんが行くなら、僕も行く」

見たこともないくらい、真剣《しんけん》な目だと思った。

たとえ反対されても譲《ゆず》らないと、そのまなざしが語っている。

「何言ってるんだよ。今のはちょっと口が滑《すべ》っただけで……」

「違うと思う。だって、さっき兄さんが占ったんだよ。『是』って」

「……おれが？」

そうだ、何か言ったような気がする。けれどはっきり覚えていない。まるでトランス状態にでも陥《おちい》っていたみたいに、ぼんやりと霞《かすみ》がかかっていて……ただ、『是』だったことは疑いようもなかった。

あれほど輝かしい純白の景色は、もう二度と見ることができないのではと思うくらいの、紛《まぎ》れもない『是』だった。

「兄さんはこう言ったんだよ。――『あなたが今なさろうとしていることを遂行すると、それに関わるすべての人々が幸福を得られます』……って」

びっくりした。そこまではっきりとした文言を告げていたなんて。

いつも占いの結果を伝える時は、とても慎重《しんちょう》に言葉を選んでいる。ところがその文言は、おそらく考えることすらしていない。

翡翠《ひすい》の指輪が――『神秘の翠』が、晴季に言わせた。

「殿下がなさろうとしてることって、兄さんを王国へ連れて行くってことも含《ふく》まれてるんでしょう？　それで、殿下に関わることによって、兄さんも幸福を得られるんだよね？」

——あっ。その場合の「幸福」って、ひとりで占えるようになるってこと!?

確証はない。けれど可能性が少しでもあるなら、縋《すが》りたい。

ただ、王子がなんのために『神秘の翠』の力を必要としているのか、晴季に何をさせたいのかもまったく分からない状態で、「行きたい」と言ってしまったのは、やはり軽率《けいそつ》すぎたと思う。

「ごめん、よく分からない。その言葉を言ったっていう、はっきりした記憶《きおく》がないんだ。だから、一から相談させてくれないか？」

「スケジュールを気にしてるの？　一週間後の出発なら、調整できるよ」

「あ、うん。それもだけど……」

「ちゃんと調整できるから。心配しないで、兄さん」

有無を言わさぬような力強い口調に、少し驚《おどろ》いた。いつもほんわりとした空気を身に纏《まと》って控《ひか》えめな咲が、これほど頑《かたく》なに主張するなんて。

「咲。ちょっと場所を変えて相談しよう」

王子のいないところで、という意味で言ったのだが。

「はっ！　本当だ！　こんな玄関先《げんかんさき》で立ち話とは、殿下になんというご無礼を！　晴季、上がっていただきなさい」

叔父《おじ》が勘違《かんちが》いしてしまった。

けれど、言われてみれば確かにそうだ。咲と相談するにも、まずは王子の話をもっと詳《くわ》しく聞かなければいけない。

　というか、彼がヤーデルブルク王国の王太子というのは本当なのか、まだ素性《すじょう》の確認《かくにん》さえしていない。いくら一目で「王者」だと明らかな人であっても、それが素性を証明することにはならない。

　ここは叔父の言う通り、一旦《いったん》応接室に通して……と段取りを考えていたら、充希が子犬のように瞳《ひとみ》をキラッキラと輝かせて晴季の袖《そで》をツンと引っ張った。

「ねぇねぇ、ヤーデルブルク王国ってどんな国？　兄ちゃんたちが行くなら、俺も一緒《いっしょ》に行っていいよね？」

「ダメに決まってるだろ」

　即座《そくざ》に却下《きゃっか》すると、「えー」と不満げな声を上げる。

「充ちゃんは学校があるでしょ？　授業についていけなくなっちゃうよ？」

「……う。それは困るけど」

「充希は叔父さんと留守番してよう。な？　とにかく話は後にして、まずは殿下《でんか》を中へ……」

　痺《しび》れを切らした叔父が、自ら王子を案内しようとしたところ。

「ならば、短期留学ということにしてはどうだ？　実際に勉強していくといい。教育機関への交渉《こうしょう》は私の方で行おう」

　王子がとんでもないことを言い出した。

「えっ！　ホントですか!?」

「充希！　ダメだからな⁉」

「えー、なんで？　王子様がせっかく言ってくれてるのに。俺だけいつまでものけものはいやだよ。兄ちゃんと咲ちゃんの手伝いができるようになりたいよ」

クーンと垂れた耳とシッポが見えそうだ。

末っ子の哀願《あいがん》が可愛《かわい》くて、うっかりほだされそうになってしまった。けれど遊びに行くわけではないのだ。どんな状況《じょうきょう》かも、王子の真意が何かも分からないのに、連れていけるわけがない。充希だけでなく、咲だってそうだ。

「充ちゃんをのけものになんかしてないよ？　高校を卒業するまで、家業は気にしないでなんでも好きなことをしてほしいっていうのが、お父さんとお母さんの願いだっただけだからね？」

咲の絶妙《ぜつみょう》なフォローに、晴季も「そうだぞ」と乗っかる。

両親の方針は、後継者《こうけいしゃ》である晴季に対しても同じだった。だから晴季は、結局一度も父から『神秘の翠』の扱《あつか》い方を教わっていない。

占いの方法は、叔父の説明と歴代『翡翠様』の資料を見て、独学で身に付けた。

父がいてくれたら……どうしてひとりで占えないのか、指摘《してき》してもらえたかもしれないのにと何度も思った。そしてそのたびに、それはただの甘えだと恥ずかしくなる。

「充希、後でちゃんと話そう」

しょんぼりしているものの、充希も一応は納得《なっとく》したようだ。

「殿下、せっかくのお話を、申し訳ありません」

王子に向き直って頭を下げると、「いや」と微笑《ほほえ》みが返ってくる。

「どうやら余計な申し出をしてしまったようだな。すまない」

王子の顔を、まじまじと見上げてしまった。

──王族なのに、こんなに普通《ふつう》に謝るんだ……。

社長や政治家など、重要なポストになればなるほど、簡単に謝ってはいけないものだと聞いていたのだが。謝るということは、非を認めたという意味で、それを言質《げんち》と取られると困るからだと。

「晴季、王国へ行くには、解決しなければならないことが多くあるようだな」

ドキッとした。表情に出さないだけで、実は怒《おこ》っていたのではないかと。

「お待たせして、申し訳ありません」

「ああ、そういう意味ではない。まずは、きみとふたりだけで話す機会がほしいと言いたかっただけだ」

爽《さわ》やかな笑顔で言うやいなや、なぜか王子がズイッと迫《せま》ってきた。そして次の瞬間《しゅんかん》──ぶわっと体が浮《う》き上がる。

「うわっ!?」

バランスを崩《くず》しそうになって、咄嗟《とっさ》にしがみついたのは……まさかの、王子の肩《かた》で。

晴季は、なぜか、王子に抱《だ》き上げられていた。

「っ!?　なっ!?　えっ!?　おっ、下ろしてくださ……っ」

バッと両手を離《はな》す。後ろに傾《かし》いだ晴季の背中を、王子は難なく抱き留めた。

「話が終わったらな」

煌《きら》びやかな笑顔《えがお》でそう言って、王子はそのままスタスタと外に歩きだした。

家族が、え？　え？　と混乱しながら追いかけてくる。

けれど屋外に出た途端《とたん》、黒ずくめの男がぬっと現れて、家族の行く手を阻《はば》んだ。

「殿下のご意向です。しばらくお待ちください」

低い声が淡々《たんたん》と告げる。

男は漆黒《しっこく》の髪《かみ》と眸《ひとみ》に、日本人らしい顔立ちをしていた。しかし王子に並んでも見劣《みおと》りしない長身とスタイルのよさに、外国の血を感じる。そして黒い詰襟《つめえり》に金色の刺繍《ししゅう》が施《ほどこ》された制服らしきものを身に着け、腰《こし》にサーベルを下げていた。

ギョッとする。それは本物なのか。日本国内においてそれはまずいのではないか。治外法権というものか。

「その者は護衛だ。怪《あや》しい者ではないから、安心してくれ」

できるか。晴季は思わず心の中でツッコんだ。

「王子様ー、兄ちゃんをどこへ連れていくんですか？　あんまり遠くへ連れていかれると困るんですけどーっ」

「そうだな……できれば私の滞在《たいざい》先のホテルでじっくり話をしたいが……」

それはいやだ。そのままうっかり王国へ連行されそうな予感がする。現に、こうして担《かつ》ぎ上げられているくらいだし。

晴季はぶんぶんと勢いよくかぶりを振《ふ》った。

「その、お車の中で話すというのは、いかがでしょう？」

王子が向かう先に、御付《おつ》きの人が恭《うやうや》しく扉《とびら》を開けて待っている黒塗《くろぬ》りの車がある。

「できれば、そこに停《と》めたままで」

晴季の提案に、王子はにこっと笑った。光の粒《つぶ》が零《こぼ》れ落ちてきそうなほど、煌々《きらきら》しく。

「それは名案だ、偉大《いだい》なる翡翠の占《うらな》い師よ。これできみの家族を心配させることなく、ふたりきりで話ができそうだ」

——なんか分かってきた。……この人、笑顔で煙《けむ》に巻いて強引《ごういん》にマイペースだ……。

波乱の幕開けの予感がした。

＊　＊　＊

十日後。晴季は、咲とふたりでヤーデルブルク王国へ降り立った。

乗り換《か》えを含《ふく》めて日本から十四時間。初海外でこの移動距離《きょり》には、気が遠くなりかけた。けれど本当は移動にかかった労力よりも、日本に残してきた充希にもしも何かあっても、すぐに駆《か》けつけられない距離だということが不安を呼んでいた。叔父がいるから大丈夫《だいじょうぶ》だと分かっているのに、これほど離れるのは初めてのことで、どうにも落ち着かない。咲が一緒に来てくれてよかった……と、最初は反対したくせに、すごく感謝してしまった。

――弱気になるな。おれがしっかりしないと！

まだ到着《とうちゃく》して間もないのに、こうして自分を鼓舞《こぶ》するのは何度目だろう。

空港には、先に帰国していた王子が迎《むか》えに来てくれた。

晴季たちは王子の友人として非公式に滞在することになったため、本日の彼はシンプルなシャツとスラックスという完全な私服だ。にも拘《かか》わらずキラキラしているのは、さすがとしか言いようがない。

VIP用の通路を利用して迎えの車に乗り込むだけの予定だったのに、王子が国民に見つかって大変な騒《さわ》ぎになった。

巻き起こる「ヴォルグルフ殿下」コールに、どこから出してきたのか一斉《いっせい》に振られる国旗の手旗。王子が笑顔で手を振ろうものなら、あちこちで絶叫《ぜっきょう》が上がる。老若男女《ろうにゃくなんにょ》が入り乱れ、熱狂《ねっきょう》的な歓声《かんせい》が響《ひび》き続ける光景は、さながらトップアーティストのライブ会場のようだった。

「すごかったですね」

車に乗り込んでから王子に声をかけると、彼はどこか誇《ほこ》らしげに「そうだな」と頷《うなず》く。

「我が王室と国民たちとの、信頼《しんらい》の証《あかし》だ。先人たちが築いてきたものが、先ほどの光景に結実しているのだ」

そんな答えが返ってきて、びっくりした。

晴季はただ、とても人気のある王子だと思っただけだったから。

「……兄さん、国旗、可愛かったね」

隣《となり》で咲がぽそりと呟《つぶや》く。仕事を離れると、生来の引っ込み思案が顔を出す。

「うん、可愛かった」

「……うさぎ、だったね」

そう続けた咲に、これはよほどあの国旗が気になるのだな、と思った。

咲は可愛いものや綺麗《きれい》なものがとても好きだから。

「殿下、みなさんが振ってらしたあの国旗って、『翡翠《ひすい》うさぎ』がモチーフなんですよね？」

「そうだ。国の宝の一つだからな。愛らしいだろう？」

「はい、とても」

王国の国旗は、翡翠色の生地《きじ》に真っ白なうさぎが描《えが》かれているという図柄《ずがら》だ。白い毛なのになぜ『翡翠うさぎ』かというと、目が透明感《とうめいかん》を帯びた緑色をしているから。かつてこの国で採られていた最高級の翡翠と、とてもよく似た色なのだ。

それは実在する、ヤーデルブルク王国の固有種だという。正式名称《めいしょう》は『ヤーデルブルクうさぎ』。一般《いっぱん》的には『翡翠うさぎ』と呼ばれている。

ネットで見た実物の写真はとても愛らしかったが、国旗に描かれているその姿は凛々《りり》しく、金色の王冠《おうかん》を戴《いただ》いている。

「一つ、っていうことは、他《ほか》にも国の宝があるんですか？」

「もちろん。我が王国の宝は三つ。すべて国旗の中に描かれている。全面の色で表されている

『翡翠』、モチーフの『翡翠うさぎ』、そして王冠が意味する『人』だ」

「人？　王家じゃなくて？」

「王家は国の人々に仕える存在だ。国民がいなければ王家などなんの意味もないだろう？」

――あ、これが、この人のスタンスなんだ。

個人的なものなのか、王家全体の共通認識《にんしき》なのかは分からないが、少なくとも晴季の中にあった「君臨する」というイメージとはまったく違《ちが》うらしい。

世界史好きな晴季は、ヨーロッパ、王家、とキーワードが並んだら、ついつい続けて「中世」と思い浮かべてしまう。甲冑《かっちゅう》を身に纏《まと》って馬を駆り剣《つるぎ》を振り回していた時代だ。まずその連想が間違いか。

――そうだよな……登場からして、中世っていうより、おとぎ話の世界だったし。

もしも晴季が女性なら、恋物語《こいものがたり》が始まっていたかもしれないシチュエーションだったのではないだろうか。そう気づいたら、なんだかおかしくなってきた。天然の王子様とは、なんと罪作りな生き物か。

「それにしても晴季、翡翠うさぎのことをよく知っていたな」

「あ、すみません。少し予習してきただけなので、詳《くわ》しいことは何も……」

誤解で期待されてしまっては困ると、慌《あわ》てて白状する。

翡翠うさぎのことは、叔父《おじ》が教えてくれた。叔父も昔、晴季と同じように世界中の翡翠の産地について調べたことがあるらしい。その流れでヤーデルブルク王国のことを知っていたのだ。

王子は父親である現国王の若い頃《ころ》に瓜二《うりふた》つなのだそうだ。だから叔父は、突然《とつぜん》の王子の訪問にもその素性《すじょう》を怪しむことなく、すぐに信じた。そして晴季に報《しら》せに来てくれたのだった。

——叔父さんあの時、「うさぎ！」って口走ってたもんなぁ。

今なら分かるが、あの時は場違いな単語に一体なんの暗号かと困惑《こんわく》したものだ。

「そういえば、目が赤くない白うさぎって、初めて知りました」

「世界的に見ても珍《めずら》しいな。青い目の白うさぎなら、日本でも稀《まれ》に見られるようだが」

「えっ、そうなんですか？　咲、知ってた？」

こくん、と咲が頷く。

「……ブルーアイドホワイトっていう種類の子がいるみたい。でも人工的な交配種だから、原種で白い子は『翡翠うさぎ』だけだと思う」

耳を澄《す》ましていないと聞こえないくらいの小声で、遠慮《えんりょ》がちに口にする。

補佐《ほさ》の仕事ではこういった引っ込み思案な面が完全に影《かげ》を潜《ひそ》め、顧客《こきゃく》とのやり取りもきっちりこなせるが、普段《ふだん》の咲はよほど慣れた相手でないとなかなか話せない。しかしこれでも、昔に比べればものすごく前進できているのだ。

咲のがんばりは、家族が一番よく知っている。だから焦《あせ》らず、ゆっくりでいい。自分も頼《たよ》りないけれど衝立《ついたて》くらいにはなれるから、と心の中で咲に語り掛《か》けた。

「そっか、翡翠うさぎって原種なんだ。よく生き残ってきてくれた！　って感動しますね、殿《でん》下《か》？」

「まったくだ。しかも年中純白という、保護色のセオリーを完全に無視したあの体で」

言われてみれば、確かに。白い毛の小動物の多くは、雪の降る土地柄《とちがら》と季節に合わせて生え変わったものなのに。

「すごいですね。あまり天敵がいなかったんですか？」

「それもある。あとは敏捷性《びんしょうせい》と瞬発力《しゅんぱつりょく》に秀《ひい》でているおかげだろう」

つまりめちゃくちゃすばしっこいということか。

「翡翠うさぎの神秘は、それだけではないぞ。我が王国は陸続きであるにも拘わらず、国境を越《こ》えた場所に生息地は一つも見つかっていない。そして無理に国境を越えさせると、途端《とたん》に弱り、最悪の場合は死に至る」

「えっ、なんでそんなことになっちゃうんですか？」

「分からない。遺伝子的な研究は進んでいるが、生態についてはいまだ謎《なぞ》が多いのだ。だから国の任命した『翡翠うさぎ調査隊』が日夜調査に励《はげ》んでいる」

「調査隊、ですか？」

「そうだ。スパイの如《ごと》く国中を暗躍《あんやく》し、翡翠うさぎを追いかける少数精鋭《せいえい》部隊だ。ただし調査隊員とはいえ、一般人と同様に、うさぎを捕《つか》まえたり、自分から触《ふ》れるようなことがあってはならない。禁忌《きんき》を犯《おか》せば極刑《きょっけい》に処される」

晴季と咲を順に見て、鹿爪《しかつめ》らしい顔でそう言った王子に、思わず噴《ふ》き出してしまった。咲の頬《ほお》も綻《ほころ》んでいる。

「それ、本当の話ですか？」

「私のこの目が嘘《うそ》をついているとでも？」

パチン、とウィンクされてしまった。

思いがけない茶目っけに、咲と顔を見合わせて笑う。

——王族って、もっと近寄りがたい感じかと思ってた……。

初対面がとんでもなかったせいもあるが、先ほどの国民の熱狂っぷりを見ても、別世界の住人に感じたのに。

意外と親しみやすい人なのかもしれない。完璧《かんぺき》に整った容姿は国宝級の美術品のようで、やはり少し気後《きおく》れするけれど。

「でも本当に不思議ですね。野生動物が国境を知っているとも思えないのに」

「国境は知らなくとも、砦《とりで》は認識しているのかもしれない。翡翠うさぎはとても賢《かしこ》い生き物だからな」

誇らしげな口調は、国民のことを語った時と同じだ。

——どういう意味だろう。

しばらく考えて、ふと思い出した。ヤーデルブルクというのは、古代語で『翡翠の砦』という意味だったこと。

実際に砦が築かれているわけではない。かつて良質な翡翠が産出されていたこの国の鉱脈が、帯状に数ヶ所広がっていたことから、そう呼ばれるようになったという。

欧州《おうしゅう》の中央に位置し、周囲を列強国に囲まれた小さな王国。

海はなく、国土のほとんどが山地。緑が豊かで、雪解け水からなる透明《とうめい》度の高い湖が点在し、現在は周辺諸国からの避暑《ひしょ》地としてセレブ御用達《ごようたし》となっている。

その歴史は古く、ローマ帝国《ていこく》時代に宿場町として栄《さか》えたのが始まりらしい。ただしヤーデルブルク王国として現在の形で独立してからは、まだ三百年に満たない。それまでにも何度か独立していたが、周囲の列強国の覇権《はけん》争いに巻き込まれ、戦乱に乗じて他国に支配され、翻弄《ほんろう》されてきた。そのため、この国の歴史はとても複雑だ。

独立が保障されるようになったのは、皮肉なことに、特産物である翡翠を採掘《さいくつ》し尽《つ》くしてしまってから。翡翠の他には資源もなく、ただ自然が美しいというだけの土地は、周囲の列強国から見向きもされなくなった。

それまで支配していた独裁的な王家が国を見限って亡命し、混乱した民衆に乞《こ》われる形で隣《りん》国《ごく》の大公が暫定《ざんてい》的に治めることになった。その末裔《まつえい》が、現在の国王一家だ。

——そしてこの人が、未来の王様なんだよなぁ……。

十日前、初めて会った時のことを思い出す。

あの日、玄関先《げんかんさき》に停《と》めた車の中で、晴季はストレートに質問した。

自分の……いや、『神秘の翠』の力が必要とは、どういうことなのかと。

それに対する王子の答えは、

「王家の謎を、『神秘の翠』が解き明かしてくれるかもしれない」

というものだった。それ以上の説明を求めても、完璧な笑顔《えがお》でシャットアウト。ならばなぜその謎を解き明かすのが、遠く離《はな》れた日本の『神秘の翠』なのかと尋《たず》ねたら――彼は言ったのだ。

「きみの家に代々伝わるという『神秘の翠』――その翡翠《ひすい》は、いつ、どこで採られたものだ？」……と。

全身が総毛立つような感覚を覚えた。

それは晴季も以前から気になっていたことで、だから世界中のあらゆる産地の翡翠について調べたりしていた。晴季に限らず、歴代の『翡翠様』も同様だった。

翡翠の特徴《とくちょう》を調べ、『神秘の翠』と照らし合わせ、検討を重ねてきた。けれど答えは出ていない。

――まさか王子は、『神秘の翠』をヤーデルブルク産だと考えてるのか？

もしもそうだとしたら、王子は『神秘の翠』を取り上げようとしているのではないか……そんな疑念が頭を擡《もた》げてくる。

王国へのこのこついて行くのは危険な気がした。

しかし占《うらな》いは『是《ぜ》』と出ていて……。

――なにより、王子をひとりで占えた。

ひとりで占えるようになる。今の晴季にとって、それ以上の望みはない。

多少の危険を伴《ともな》うとしても、このチャンスを逃《のが》してはいけないと思った。

その選択《せんたく》が正しかったことを、今はもう願うしかないのだけれど。

「……あっ、兄さん。あれ、王宮かな？」

咲が瞳《ひとみ》を輝《かがや》かせて、前方に見えた巨大《きょだい》な石造りの建物を指さす。

いつの間にか車は空港からかなりの距離《きょり》を走っていたらしい。整備された美しい街並みが車窓を流れているのが目には入っていたけれど、話の方に夢中になっていた。

「正解だ、咲。ふたりとも、我が王国へようこそ」

座ったまま、芝居《しばい》がかったしぐさで両腕《りょううで》を広げた王子に、笑みを誘《さそ》われる。

しばらく進むと、王宮に向かって一直線に延びる大通りに差し掛かった。

ぐんぐんと王宮が近づいてくる。次第《しだい》に、聳《そび》え立つというくらいの迫力《はくりょく》になってきた。

豪華絢爛《ごうかけんらん》な雰囲気《ふんいき》ではない。荘厳《そうごん》かつ堅牢《けんろう》。王族の住まいでありながら、同時に城塞《じょうさい》という性格を併《あわ》せ持っているせいだろう。周辺の列強国に翻弄され続けてきたこの国の歴史の片鱗《へんりん》を垣間《かいま》見《み》た気がした。

「すごい……。壮観《そうかん》だな」

「……うん。映画みたいだね」

門扉《もんぴ》を潜《くぐ》る頃《ころ》には、もはや見上げても城の全貌《ぜんぼう》が見えないほどになっていた。

やがて車が停まる。衛兵が列をなして車を出迎《でむか》えた。漆黒《しっこく》の詰襟《つめえり》に金色の刺繍《ししゅう》が施《ほどこ》された制服がかっこいい。その中のひとりが歩み出てきて、車のドアを外から開けた。

「殿下、異常ありません」

男が日本語で告げた。低いその声には聞き覚えがある。

王子は「ご苦労」と一言労《ねぎら》って、車を降りてから晴季たちに彼を紹介《しょうかい》してくれた。

「先日も顔を合わせているが、この者は私直属の近衛隊《このえたい》隊長だ」

「リヒト・ヒッツェライアーと申します」

ビシッと敬礼されて、ビクッと跳《と》び上がってしまった。咲はほとんど晴季の背中に隠《かく》れそうな勢いだ。

そんな晴季たちの反応に、王子が笑いをかみ殺す。

「大事な客人を怖《こわ》がらせるなよ、龍《りゅう》」

「……リュウ？」

リヒトの愛称《あいしょう》なのだろうか。

「ミドルネームに日本名を持っているのだ。彼の祖父が日本人でな。龍はドラゴンという意味の漢字だ」

なるほど。だから顔立ちが日本人っぽいのかと納得《なっとく》した。脚《あし》の長さは完全にモンゴロイドではないが。

「私がもっとも信頼《しんらい》する護衛であり、幼馴染《おさななじ》みでもある。何かあれば、私でも龍でも、摑《つか》まえられた方に言ってくれ」

よほどの信頼関係らしい。もしかして、リヒトがいるから王子は日本語が堪能《たんのう》なのだろうか。

「分かりました。滞在《たいざい》中、どうぞよろしくお願いします。ええと……龍さん？」

「リヒトとお呼び捨てください」

「あ、すみません。リヒトさん」

「敬称《けいしょう》は結構です」

これはどうしたものか。思わず視線で王子に助けを求める。

「好きに呼ぶといい。龍の堅物《かたぶつ》さは長所であり短所でもある」

「自分は装備だと思っております」

しれっと言い返したリヒトに、王子は苦笑《くしょう》して肩《かた》を竦《すく》めた。

本当に気の置けない関係なのだと、そんなやり取りから窺《うかが》える。

挨拶《あいさつ》を終えると、リヒトの号令で近衛隊が一斉《いっせい》に動いた。槍《やり》付きのライフル銃《じゅう》を演武のように持ち替《か》えて、姿勢を正す。ザッ！　ザッ！　と音が立つほど一糸乱れぬ同じ動作に、晴季は息を呑《の》んだ。

「かっこいい……！」

隣《となり》で咲も、こくこく頷《うなず》く。

敬礼で見送られ、晴季たちは王宮内に足を踏《ふ》み入れた。

城はとにかく立派だった。石造りで、強固な砦という様相でありながら、要所要所に彫刻《ちょうこく》が施されていたり、階段の手《て》摺《すり》の真鍮《しんちゅう》の細工が美しかったりと、目を奪《うば》われる。

廊下《ろうか》には美術品や絵画が上品に飾《かざ》られ、奥へと続く長い道のりもまったく苦にならない。鎧《よろい》の前を通り過ぎた時など、思わず何度も振《ふ》り返ってしまった。じっくり見たすぎる。

ところどころに中庭もあり、噴水《ふんすい》や色とりどりの草花でとても華《はな》やかだ。

——わー、咲の好きそうな庭！

可憐《かれん》な花の絨毯《じゅうたん》のような中庭に差し掛《か》かると、咲の瞳がキラッキラと輝いた。充希はしょっちゅうこんなふうにキラッキラして騒《さわ》いでいるが、咲は滅多《めった》になくて、しかも静かに感激している。

「散歩しに来ていいか、後で聞こうな」

こそっと囁《ささや》くと、ぱぁっと笑顔になって頷いた。可愛《かわい》すぎる。

「ここから先が、王族の居住エリアだ。きみたちが滞在するのもこちらになる」

王子がそう言ったのは、ちょうどその中庭の前だった。

「それぞれに部屋を用意するが、好きに行き来してくれ。居住エリアは自由に散策してもいい」

やった、と密《ひそ》かに浮《う》かれる。庭といい甲冑《かっちゅう》といい、他《ほか》にも見応《みごた》えがありそうだ。

そして案内された部屋がすごかった。

「まずは晴季の部屋だが、ここはどうだ？　気に入らなければ次の候補に案内しよう」

と言われたけれど、足を踏み入れるなり感嘆《かんたん》の声が漏《も》れてしまった。

「うわ……！」

窓から見える遠くの山々と城下町のダイナミックな風景。室内に飾られた、中世のものと思われる調度品の数々。

しかも壁《かべ》一面に銃のコレクションが飾られている。持ち手に螺鈿《らでん》細工が施されていたり、形に変遷《へんせん》があったり、見ているだけでテンションが上がる。何時間でも眺《なが》めていられそうだ。

ベッドは一見質素だが、中世の王族に流行していた形だとすぐに分かった。そして洋卓《テーブル》に置かれた水差しとコップなど、博物館でしか見たことがないホーンカップだ。水牛の角で作られた三日月形のそれは、歴史好きの晴季の憧《あこが》れだった。

「これって、使ってもいいんですか？」

「室内のものは、なんでも自由にするがいい」

——なんでも！　自由に！

心の中で力強く復唱してしまうくらいの大興奮だ。

「気に入ったようだな」

ふっと笑われて、少し恥《は》ずかしくなった。

けれど嬉《うれ》しいものは仕方がない。こんなテーマパークのような部屋を自由に使っていいと言われてテンションの上がらない中世好きがいようか。いや、いまい！

そして次に案内された咲の部屋もすごかった。

一つ下の二階で、晴季の部屋とは違《ちが》う方角に窓がある。

「……わぁ……」

咲が吐息《といき》で感嘆《かんたん》を漏らす。瞳が宝石のように輝いている。

それもそのはず。花束のような中庭を一望できるのだ。

さっき通ってきた中庭とは違うが、二階から見下ろすならあれくらい大振《おおぶ》りの花の方がいい。きっと咲には花の名前まで分かるだろう。薔薇《ばら》とカーネーションの区別がつかない晴季には絶対に無理だが。

調度品は晴季の部屋とは色調からまったく違う。白が多い印象なのは、レースの装飾《そうしょく》が目立つせいだろう。カーテン、テーブルクロス、ベッドシーツ。けれど女性っぽくならないギリギリのラインで上品にまとめられている。少女趣味《しゅみ》の象徴《しょうちょう》である人形の類《たぐい》がないからだろうか。ベッドサイドの小窓にはステンドグラスが嵌《は》め込まれていて、美しい朝の光を演出してくれそうだ。

隅《すみ》から隅まで咲の好みドンピシャだ。

一体いつの間に、これほど正確に嗜好《しこう》を把握《はあく》されていたのだろう。

「どうだ、咲？　寛《くつろ》げそうか？」

「はい！　……とても。……殿下《でんか》、ありがとうございます」

はにかみながら礼を言う咲は、抱《だ》きしめてしまいたくなるほど可愛い。

「……どうして、分かったんですか？」

咲が自分から言葉を続けた。よほど嬉しかったらしい。

「何がだ？」

とぼけているのか本当に尋《たず》ねているのか、そんなふうに返した王子に、咲がおろおろした。

「え、と……その……」

しどろもどろになった咲を、王子は急《せ》かさない。鷹揚《おうよう》に構えたその態度は、さすが人の上に立つ人なんだなと思わされた。素晴《すば》らしいと思う。けれど咲は、そうして待たれることがつらいと、晴季は知っている。

「なんだか殿下が占《うらな》い師みたいですね。こんなふうにおれたちの好みをピッタリ当ててしまえるなんて」

横から口を挟《はさ》むと、チラッと王子が咲に何か言いたそうにしたのが分かったが、気づかないふりで強引《ごういん》に続ける。

「好みを聞かれた覚えもないのに、どうして分かったんですか？」

「どうしてだと思う？」

いたずらっぽい笑《え》みを浮かべてそう尋ね返してきた王子に、晴季は「えー？」と咲と顔を見合わせて大袈裟《おおげさ》に考えた。

咲は明らかにホッとしている。

「まさか本当に占いじゃないですよね？」

なんて、心にも思っていないけれど。

「偉大《いだい》なる『神秘の翠』に挑《いど》もうなど、畏《おそ》れ多い」

突然《とつぜん》、恭《うやうや》しくお辞儀《じぎ》をされて、そんなつもりではと晴季までおろおろしてしまった。が、しかし。王子の頬《ほお》にはいたずらっぽい笑みが浮かんだままだ。冗談《じょうだん》だったらしい。

「殿下っ」

「怒《おこ》るな、晴季。種明かしをしよう。答えは単純だ。きみたちを見ていた」

意味が分からない。

「晴季は今、『どういう意味だろう？』と考えているだろう？　そのままの意味だ」

「え。どうして分かったんですか？」

まさか心が読めるのか、と非科学的なことを一瞬《いっしゅん》考えてしまった。占いを生業《なりわい》としているのに非科学も何もあったものではないが。

「表情やしぐさを注意深く見ていれば、何が好きか、どういったことに興味があるか、ある程度のことは分かる。そして話す内容からも多くの情報を得られる。一方的な観察がすべてではないが、人と人との関《かか》わりとは、まず相手に興味を持つことから始まるだろう？」

王子が言わんとしていることは分かる。しかしこんなに好みのど真ん中を貫《つらぬ》いてくるほどの情報を、これだけ短時間に収集できるものなのだろうか。

自分の態度はそんなにも分かりやすいのだろうかと、己《おのれ》を振り返ってみたりもするが、よく分からなかった。

「私は、きみたちがヤーデルブルク王国に来てくれたことに心から感謝している。だから少しでも快適に過ごしてほしいのだ」

キラキラと光の粉が舞《ま》うような輝《かがや》かしい笑顔でそう言われて、少しドキッとしてしまった。

自分は、この人に大切に扱《あつか》われている。そう感じたからかもしれない。

それは思いがけず嬉しいことだった。

そして同時に、自分はこの人のことをちゃんと見ていただろうか……と、ふと自問する。

「案内したい自慢《じまん》の場所がたくさんあるが、長旅で疲《つか》れているだろう？　今日はゆっくり休んでくれ」

完璧《かんぺき》に整った容姿の、極上《ごくじょう》の笑み。完全無欠の王子様。

笑顔で強引にマイペースだということは分かったが、彼が何を好んでいるかなんて、まったく想像もつかない。

彼がおとぎ話の中で、お姫《ひめ》様と優雅《ゆうが》に踊《おど》る姿は容易に想像できるのだが……そんなふうにしか見えないのは、人を見る自分の目が養われていないからなのだろうか。

初めて抱《いだ》いたその疑問は、晴季にとって衝撃《しょうげき》的なことだった。

＊　＊　＊

ぐっすり眠《ねむ》って、時差ボケも解消できた翌日。

「殿下、修行《しゅぎょう》がしたいです」

顔を合わせるなりそう言った晴季に、王子は不思議そうに瞬《まばた》きをした。

「修行？」

「今回のお誘《さそ》いを受けるにあたって、こちらからもお願いしていた件です」

「ああ、占いの精度を上げるために研究したいと言っていた、あれのことか。修行などと言うから、何事かと思ったではないか」

からからと笑い飛ばされてしまったが、それこそが晴季が王国へ来た目的だ。

まさか王子に「ひとりで占えるようにするための練習」だなんて本当のことは言えないから、そのように説明してある。

「もちろん構わないが……まずは観光でもどうだ？　私は公務があるからつきっきりというわけにはいかないが、案内できる者をつけるぞ？」

「お心遣《こころづか》い、ありがとうございます。まずは修行のスケジュールを組んで、それからお言葉に甘えて観光の予定をご相談させていただけるとありがたいです」

「固いな。もっとリラックスしてはどうだ？」

王子が苦笑《くしょう》する。しかしその後ろにはリヒトがいて、一分の隙《すき》もなくビシッと決めて直立しているわけで、自分ごときが固いと言われても「まだまだです」と恐縮《きょうしゅく》してしまう。

「しかし、修行か……具体的に、何をしたいのだ？」

「まずは殿下を、毎日占わせていただきたいです」

「なんだ、そんなことか。お安い御用《ごよう》だ」

「ありがとうございます。あと、できるだけ多くの方を占いたいので、王宮で働いている方をご紹介《しょうかい》いただけますか？」

そう言うと、なぜか王子は考え込んだ。

――やば。調子に乗りすぎた？

「あの、許可をいただくだけでも充分《じゅうぶん》です。自分でお願いして回りますから」

慌《あわ》てて、手を煩《わずら》わせないアピールをしてみたが。

「いや、紹介くらいいくらでもできる。そうではなくて、『神秘の翠』を大人数に晒《さら》すのは無防備ではないかと危惧《きぐ》しているのだ」

そんなところまで気遣《きづか》ってくれていたのかと驚《おどろ》いた。確かに普段《ふだん》から扱いは厳重で、顧客《こきゃく》以外に見せることなど滅多《めった》にない。

「ご高配ありがとうございます。ただ、こちらに滞在《たいざい》中は修行を第一に考えているので」

「……分かった。ならば、ひとまず龍と、もうひとり後で紹介しよう。まずは私がもっとも信《しん》頼《らい》を置いているふたりのみで我慢《がまん》してほしい」

その言い回しに、ふと引っかかりを覚えた。

王子がリヒトをとても信頼していることはすでに理解している。この口ぶりだと、あとのひとりもリヒトと同じくらい信頼している相手ということになる。

それくらい信用している人にしか、晴季たちを接触《せっしょく》させたくないということだろうか。

――殿下がおれにしてほしいことって、なんなんだろ。

またしても直球で尋ねようとして、直前で言葉を飲み込んだ。

――真正面から行ってもダメだ。笑顔で煙《けむ》に巻かれる。

ならばどうすればいい？

ここへは遊びに来たのではない。咲ががんばってスケジュールを調整してくれたし、こちらでも顧客の対応を続けてくれる予定だ。日本でなければ難しい作業は、叔父《おじ》が請け負ってくれた。急いで帰国しなければいけない理由はないが、一日でも早く解決して帰国の途《と》に就《つ》きたいというのが本音だ。

「公務に出るまでまだ時間がある。城の中を案内したいのだが、どうだ？」

晴季と咲、順に視線を合わせて話す王子に、ふと、昨日の言葉を思い出した。

『注意深く見ていれば、ある程度のことは分かる』と。

それは好みの話だったが、基本は同じではないか。

笑顔で煙に巻かれるとしても、そこに至るまでの行動や表情にヒントは表れているだろう。

それを読み取ればいい。

——殿下《でんか》を観察しよう。目を皿にして！

自分にそんな高度なことができるだろうかと、不安が頭を擡《もた》げたが、他《ほか》の方法を今は思いつかない。それならば、やるしかない。

「ありがとうございます。ぜひ、お願いします」

挑むような気持ちで、晴季は頭を下げた。

王子は微笑《ほほえ》む。完璧な美しさで。

「では行こう。まずは甲冑廊下《かっちゅうろうか》だ」

「っ！」

思わず前のめりになってしまった。そして気づく。これか、と。そういえば昨日も、移動中に見かけた甲冑に目が釘付《くぎづ》けになっていた覚えがある。なぜ好みが分かったのだろうと不思議だったが、分かって当然だったのかもしれない。

――もしかして、おれ……単純すぎ？

ちょっと気をつけよう、と反省した。……のも、束《つか》の間。

「……ふおぉ……！」

甲冑廊下の迫力《はくりょく》は凄《すさ》まじかった。

まるで中に人が入っているみたいに、甲冑が廊下の両側に整列しているのだ。その間を通ることができる。甲冑の形やサイズなど、一体一体に個性がある。剣《つるぎ》や弓、槍《やり》など、手にしている武器も違《ちが》う。まるで中世に迷い込んでしまったみたいに感じた。

「映画の中にいるみたいだね」

咲が、こそっと話しかけてきた。その表情は少し強張《こわば》っている。この迫力に気圧《けお》されているのだろう。

「おれ、あの映画のシーン思い出してた」

「『決戦の日』？」

「それそれ。主人公が無言で兵士の間を歩いて、士気を高めていくとこ」

「うん。あのシーン……すごいよね」

表情は強張ったままだが、黒い瞳《ひとみ》が輝きを宿した。

それは咲の大好きな俳優の名シーンなのだ。科白《せりふ》も音楽もなく無音なのに、俳優の表情や動きだけで、部隊全体の士気が徐々《じょじょ》に高まっていくのが怖《こわ》いくらい伝わってくるという、すごい場面だ。

声が、音がなくとも、ちゃんと伝わる――その事実が咲をどれだけ助けてくれたか、晴季は知っている。

「映画に詳《くわ》しいのか？」

前を歩いていた王子が、尋《たず》ねてくる。リヒトは、一行の最後尾《さいこうび》を付かず離《はな》れずの距離《きょり》でついてきている。

「観《み》るのは好きです。偏《かたよ》ってますけど」

「どんなものが好きなのだ？」

「どんな……うーん……いろいろです。な、咲？」

とてつもなく矛盾《むじゅん》したことを言ってしまった気がするが、王子は「そうか」と流してくれた。

晴季は映画を語る言葉を持っていない。咲が観ていたものを、追いかけて観たのがすべてだから。それは趣味《しゅみ》などと言えるものではなく、ある一時期の、兄弟の会話のようなものだった。

「時間がもっとあれば剣の間にも案内できたのだが……」

違う場所へ進みたいらしい。剣なんて見たくてたまらないが、グッと我慢する。

「晴季は鑑賞《かんしょう》だけより、実際に触《さわ》ってみたいのではないか？」

「え、それは、まあ……」

「早起きが苦でないなら、我々の朝稽古《げいこ》に来るか？」

「え⁉」

なんだか素敵《すてき》な予感がする響《ひび》きだ、朝稽古。

「基本的に毎朝、龍と剣の稽古をしている。気が向いたら来るといい」

「ぜひ！　……あ、お邪魔《じゃま》でなければ」

全力で食いついてしまった。気をつけようと思ったのに、これは無理だ。餌《えさ》が美味《おい》しすぎる。

王子は撒《ま》き餌《え》をしたつもりなどないのだろうが。

朝稽古の時間と場所を確認《かくにん》しながら、次の部屋へ移動する。

その途中《とちゅう》、数人の使用人とすれ違い、そのたびに王子は微笑んで労《ねぎら》いらしき言葉をかけていた。王子の口から初めて聞いたヤーデルブルク語は、まるで音楽の調べのような柔《やわ》らかさだった。声をかけてもらった使用人の頰《ほお》が上気して、その表情だけで、城の中でもどれだけ王子が愛されているのかが分かる。

いくつかの廊下を渡《わた》り、ある部屋の前で止まった。

王子は鍵《かぎ》を二つ出してくると、一つをリヒトに渡す。なぜかリヒトは少し離れた隣《となり》の扉《とびら》まで行き、鍵穴にそれを差す。

王子とリヒトがタイミングを合わせ、鍵を回した。それで目の前の扉が開いた……と思いきや、今度は鋼鉄の扉が現れて、そこは電子錠《でんしじょう》になっていた。まるで巨大《きょだい》な金庫だ。

「さあどうぞ、『ヤーデルブルクの間』へ」

一歩入った途端《とたん》、鳥肌《とりはだ》が立った。

翡翠《ひすい》、翡翠、翡翠——部屋を埋《う》め尽《つ》くすほどの翡翠の品々が並んでいる。

——まさか、昔この国で産出してた翡翠!?

今はもう採れないと聞いているが、かつての宝を保管しているのかと思った。

が、しかし。なんだか変だとすぐに気づく。

「……殿下、ここにある翡翠って……産地が交ざっていませんか?」

「よく分かったな。『神秘の翠』が何か感じ取ったのか?」

『神秘の翠』は、ネックレスにしてシャツの下だ。

「いえ、軟玉《なんぎょく》の工芸品があるので」

翡翠は一般《いっぱん》的に『翡翠』と一括《ひとくく》りにされているが、実はまったく異なる二つの鉱物に分類されるということが、今から百五十年ほど前に発見された。

一つは主に新疆《しんきょう》ウイグル自治区で採れる軟玉。ネフライトという鉱物で、比較的柔《ひかくてきやわ》らかいため彫刻《ちょうこく》などを施《ほどこ》された工芸品に向いている。

一方、主にミャンマーやロシアなどで採れる硬玉《こうぎょく》はヒスイ輝石《きせき》と呼ばれる鉱物で、美しく、産出量も僅《わず》かであるため、宝石として扱《あつか》われることが多い。日本でも縄文時代《じょうもんじだい》から採掘《さいくつ》されていたとの記録があり、『本翡翠』とも表現される。

ヤーデルブルクの翡翠は、硬玉であるらしい。透明感《とうめいかん》を帯びた深い緑色。トロリとしたテリのある、それはそれは美しい翡翠で——。

視線を巡《めぐ》らせていたところ、ある冠《かんむり》に目を奪《うば》われた。

黄金の冠の中央に、大粒《おおつぶ》の翡翠が嵌《は》め込まれている。透明のケースの中に収められているそれは、あまりにも特別な存在感を放っていた。

ザワザワと鳥肌が立つ。この部屋に足を踏《ふ》み入れた時と同じ感覚。

「……殿下、あれって」

「初代ヤーデルブルク王の王冠《おうかん》だ。約三百年前、我が王家の祖となる方が戴《いただ》かれた」

なんという恐《おそ》ろしく貴重なものをしれっと見せてくれるのだろう。

「もっと近くで見るか？」

「畏《おそ》れ多いです！」

必死にかぶりを振《ふ》る。咲も晴季の陰《かげ》に隠《かく》れて首がもげそうなほど振っていた。

「そうか。ならば、これならどうだ？」

そう言って王子が手に取ったのは、二つの十字架《じゅうじか》。ペアで作られたものらしい。

どちらも繊細《せんさい》な彫《ほ》りが施されている。その模様が『神秘の翠』に似ているような気がして、ドキッとした。

「産地は分かるか？」

「ええ？　それは無理です。すみません」

硬玉と軟玉の違いくらいなら少し勉強すれば素人《しろうと》でも判断できるが、産地はさすがに無理だ。

ずいっと差し出されて、反射的に受け取った。右手と左手に一つずつ。

「……あれ？」

「どうした？」

「なんとなくですけど、違和感《いわかん》が」

まったく同じペアのものだと思ったのに、何かが違う。けれど顔を近づけて見ても、何が違うのかが分からない。

王子に許可をもらって咲にも持たせ、ふたりで首をかしげる。

「……僕には同じものに思えるよ？」

「ほんと？　じゃあ気のせいかな？」

裏返して見ても、細工は同じだった。やはり気のせいかと思ったが。

「実はこの十字架、片方がオリジナル、もう片方が模倣《もほう》品なのだ」

「えっ！　……でも、翡翠は翡翠ですよね？」

「ああ。どちらも硬玉だ。——晴季、咲、おもしろいものを見せてやろう。ついてきてくれ」

『ヤーデルブルクの間』を施錠《せじょう》して、中庭に移動した。あまり手入れのされていない印象の、背の高い草が生《お》い茂《しげ》る庭だ。

草を踏み分けて進んだ王子は、突然仁王立《とつぜんにおうだ》ちになり、左右の手のひらそれぞれに十字架を載《の》せた。

「よく見ておくがいい」

不敵な笑《え》みを浮《う》かべてそう言い放った王子を、一体何が始まるのかと固唾《かたず》をのんで見守っていると……。

ぴょーん！

視界の端《はし》で、何かが跳《は》ねた。

なんだろうとそちらを見ると、今度は別の場所で、またぴょーん！と。

そうこうしているうちに、あっちでもこっちでも何かが跳ね始めた。白くて丸いもの。それくらいの認識しかできずにいたのだが。

「わ、わ、何!?」

白い何かはぐんぐん迫《せま》ってきて、晴季の横を通り過ぎると王子に跳《と》びかかっていった。

ぴょーん！ぴょーん！ぴょ、ぴょ、ぴょーん！

足から肩《かた》、腕《うで》、ときて手のひらへ着地する。

「っ!?」

白いもふもふの塊《かたまり》だった。

ピンポン玉くらいの大きさで、完全な球体と思いきや……ぴょこんと二本の棒状のものが飛び出す。——いや、飛び出したのではない。これはミミだ。二本の長いミミを持った、もふもふの生き物。

ぴょこっと後ろ足で立ち上がったら、ヒクヒク動く愛らしい鼻と、宝石のように美しい翡翠色の瞳《ひとみ》が見えた。

「翡翠うさぎ!?」

ネットの写真で見た、あの『ヤーデルブルクうさぎ』そのものの姿だった。

ただサイズ的にはリスやハムスターに近い。そしてものすごい跳躍《ちょうやく》力。

「すごい！　咲、翡翠うさぎだよ、翡翠うさぎ！　めちゃ可愛《かわい》い！」

咲と手を取り合って、わぁわぁ騒《さわ》いでしまう。咲もさすがに大興奮だ。

次から次から跳んできたうさぎは、なぜか王子の左手ばかりに集まる。もっこもこのだんご状態になって、乗り切れずに転がり落ちても、また果敢《かかん》にジャンプする。

右手に載った十字架には、一羽《わ》も見向きもしていなかった。

「……もしかして、そちらがオリジナルなんですか？」

「いかにも」

「なんでオリジナルにばかり集まるんですか？」

「なぜだと思う？」

ふと、ある仮説が思い浮かんだ。産地が分かるか聞かれたことと、二つの十字架に感じた違和感から、導かれた。でもまさか、とすぐに打ち消す。けれど……。

「たとえば、ですが……ヤーデルブルク産の翡翠にだけ、翡翠うさぎは反応する、とか？」

おそるおそる尋《たず》ねると、王子が満足げに口角を上げた。

「トップシークレットだぞ？」

「えっ、本当にそうなんですか？」

びっくりしたら、クッと笑われた。

「確信があったのではないのか」

「いや、勘《かん》で」

「勘か。さすが占《うらな》い師だな」

それは関係ないと思う。

心の中でツッコんだところで、ハッとした。

――殿下《でんか》はたぶん、『神秘の翠』がヤーデルブルク産の翡翠《ひすい》じゃないかって疑ってるんだよな……？　じゃあ、逆に……ヤーデルブルク産の他《ほか》の翡翠で、占いってできるのかな？

そんなことを考えついてしまったら、試《ため》したくてたまらなくなる。

けれど、なんと言えばいいだろう。

なんと言えば……なんと言えば……と真面目《まじめ》に考えようとするのに、目の前のもふもふうさぎだんごの可愛さといったら、もう。しかも零《こぼ》れ落ちた翡翠うさぎたちが周りをぴょこぴょこ跳ね回るのだ。考えに集中できるわけがない。

「もうなんだこれ！　可愛すぎるわ！」

「うん。可愛いね。本当に可愛いね」

「触《さわ》ってみるか？」

王子の言葉に、ふたりして「え！」と声を上げてしまった。

「でも、捕《つか》まえたり触ったりしたらいけないんですよね？」

「ああ、それは厳禁だ。だが、うさぎたちから寄ってくる分には一向に構わない」

もこもこした左手を差し出してきた王子に、晴季は反射的に受け止めようとしかけて、直前で咲の手を摑《つか》んで引いた。

「兄さんっ？」

前に出させた咲の手のひらに、翡翠の十字架がころんと落ちてくる。次いでぴょこぴょこっとうさぎたちも。

はわわわわ……と、咲の頰《ほお》が上気した。咲の手のひらを両手で下から支えた晴季にも、おこぼれのうさぎたちが乗っかってきて、もふもふの感触《かんしょく》にはわわわ……と震《ふる》えた。

「にっ、兄さん、兄さん、うさぎたちが……」

「うん、めっちゃくちゃ可愛いなーっ」

「瞳がほんとに翡翠みたい」

「国の宝だっていうの分かるな」

「もふもふだね」

「うん、もっふもふ」

「充希ちゃんにも触らせてあげたいな……」

「充希にも触らせてやりたいなーっ」

わぁわぁしゃべった最後の言葉がハモったせいで、一緒《いっしょ》になって噴《ふ》き出した。

「きみたちは本当に仲がいいのだな」

なぜか王子まで噴き出す。

その表情を見た瞬間《しゅんかん》、ドキッとした。

──これ、本物だ。

くしゃっとした笑顔だった。初めて見た。初対面の時から何度も何度も笑みを向けられていたけれど、整いすぎていたということに、今気づいた。

それも決して嘘《うそ》ではないのだろう。

けれど、王子の素《す》の笑顔はこちらだと思った。

──占いたい。

なぜか、強烈《きょうれつ》にそう思った。

今、この人を、占いたい。

それは体の中から噴き出してくるような、強烈な衝動《しょうどう》だった。

「殿下、──あなたの望みはなんですか？」

「望み？」

唐突《とうとつ》すぎたらしい。素の笑顔がすぅっと消えて、いつもの整った笑みに戻《もど》ってしまった。

「私の望みは、国民が幸せに暮らせる王国を維持《いじ》することだが？」

「もっと個人的なことで」

「個人的か……立派な王になることだ」

「そうじゃなくて……！」

言葉が通じない。うまく説明できない。

「晴季？」

もどかしくてたまらなくて、胸が痛い。

胸元《むなもと》をぎゅっと押さえた。シャツ越《ご》しに『神秘の翠』を握《にぎ》りしめる。

ドクドクと鼓動《こどう》が早鐘《はやがね》を打っている。

なんなのだろう、この苦しさは。こんなことは生まれて初めてで、この衝動をどうすればいいか分からなかった。

「晴季、どうした？　苦しいのか？」

王子の目に緊張《きんちょう》が走る。

「兄さん？」

咲も心配そうに晴季を支えてくれた。十字架《じゅうじか》を握り込んだせいで、うさぎたちは一斉《いっせい》にぴょこぴょこと離《はな》れていく。

——あ、十字架。

「咲、それ貸して」

「え？　あ、はい」

ヤーデルブルクの翡翠で作られた十字架を、晴季は自分の手のひらごと王子の手に押しつけた。

『是《ぜ》』か、『非』か、『神秘の翠』で読み取る時と同じように集中して——けれど何も起こらなかった。

脳裏《のうり》に景色が広がることもなければ、意識が薄《うす》れることもない。

「晴季？　何かあったなら聞かせてくれ」

真剣《しんけん》なまなざしで手を握られて、ようやく我に返った。

ぴたりと合わさったふたりの手の間には、翡翠の十字架。大きな手に包み込まれていることにドキッとした。

「あ、すみません。大事なものを。……お返しします」

逃《に》げるように手を引いた。離れたのに、じわじわと熱を帯びる。

「晴季、一つ望みを思いついた」

王子が唐突に言った。

占います、と『神秘の翠』をシャツの下から引っ張り出そうとして、ハッとした。

もしも今ここで『神秘の翠』を出して、翡翠うさぎが寄ってきてしまったら……辻占家に代々伝わってきたこの指輪が、ヤーデルブルク産の翡翠だと証明してしまうことになるのでは。

証明されたからと言って、辻占家に困ることはない。

ただ、王子にとってそのことがなんらかの意味を持つとしたら、安易に報《しら》せてしまっていいのかどうか分からない。

逡巡《しゅんじゅん》した晴季の手を、王子が再び握りしめた。逃げる隙《すき》もなく、がっちりと。

「私の公務に随行《ずいこう》してほしい」

「……え？　なんでですか？」

脈絡《みゃくらく》がなさすぎて素っ気ない返事をしてしまう。

それは占うような望みではない。

「きみに、我が王国のことを少しでも広く知ってもらいたい」

「……それって、おれをこの国に招いたことと関係ありますか？」

「ある」

と言われてしまっては、断るわけにはいかないのでは。

提案が唐突すぎて、本当に関係があるのだろうかと思ってしまわなくもないのだけれど。

立ち止まっていたら何も解決しない。

「分かりました。じゃあ、随行って具体的にどうすればいいのか教えてください」

「よし！　では侍従長《じじゅう》のところへ行くぞ」

ぐいっと手を引かれ、そのままの勢いで連行される。

「わっ、さ、咲っ」

「あ、はい！」

呆然《ぼうぜん》と成り行きを見ていた咲が、慌《あわ》てて追いかけてきてくれる。それを見届けるようにして、リヒトも動き出した。それが護衛の定位置らしい。

リヒトの存在感は相変わらずだが、少しずつ慣れてきたような気がする。草を踏《ふ》み分けながら庭を出ようとしたところで、ひとりの男性とすれ違《ちが》った。

五十代半ばくらいだろうか。厳《いか》つい体つきの強面《こわもて》に、一瞬《いっしゅん》ビクッとしてしまったが……肩《かた》に、翡翠《ひすい》うさぎが一羽《わ》乗っている。なんというギャップ。そのせいでうっかり可愛《かわい》いとさえ思ってしまった。

「ご苦労」

すれ違い様、頭を下げた男性に、王子が労《ねぎら》いの声をかけた。日本語で、一言だけ。

——え、それだけ？

にこりともせず、立ち止まりもせず。

これまでにすれ違ってきた使用人たちへの柔《やわ》らかな態度を見ているだけに、違和感《いわかん》を覚える。

なんとなく気にかかって振《ふ》り返ると、肩の上のうさぎが後ろ足で立ち上がった。胸元に黒いリボンが見える。

——蝶《ちょう》ネクタイ!?

はっきりと確かめられなかったが、まさかあれは首輪のようなものではないだろうか。

——なんで？　翡翠うさぎって捕《つか》まえたらいけないんだよな？

あれは大丈夫《だいじょうぶ》なのだろうかと、心配になってしまった。咲もチラチラと男性を振り返っている。しかし最後尾《さいこうび》のリヒトが壁《かべ》になり、やがて見えなくなった。

何か特別な理由があるのだろうか。王子とリヒトがふたりとも、あの蝶ネクタイに気づかなかったわけがないだろうから。

なぜか王子に聞くことも躊躇《ためら》われ、晴季は手を引かれて前へ進んだ。摑《つか》まれた手が、じわじわと熱い。

＊　＊　＊

公務というものに対する認識《にんしき》を改めなければいけないと、晴季は思った。
王太子というと、国の中枢《ちゅうすう》に関《かか》わる大事な仕事をしているのだろうと漠然《ばくぜん》と想像していたが――。

「キャアァァァァー！」

耳をつんざく黄色い声の荒波《あらなみ》にもまれまくっているというのに、王子はまったく動じることなく優雅《ゆうが》な微笑《ほほえ》みで応《こた》える。

王子の公務に随行するようになって、三日。
彼の公務の大半は、式典への出席や視察、様々な施設《しせつ》への訪問という、人に会うことがメインだと知った。

本日の一件目は、国立大学の創立記念式典への列席だ。
王子が公用車から降りるなり、国旗の手旗を持った人々で通路の両側は埋《う》め尽《つ》くされていた。
この光景にも、すでに驚《おどろ》かない。

彼らが手にしているのは、すべてマイ国旗だそうだ。王家の支持率が九十六パーセントという驚異《きょうい》的な人気を誇《ほこ》るこの国において、王家を讃《たた》えるマストアイテムともいえる国旗は、一家に一旗どころか各人がバッグに入れて持ち歩いているレベルらしい。すごすぎる。

「ヴォルグルフ殿下《でんか》ーっ！」

黄色い悲鳴に負けないくらい、野太い声も響《ひび》いてくる。殿下というヤーデルブルク語の単語もすっかり覚えてしまった。

王子が手を挙げて応えると、「うおぉーっ」と地鳴りの如《ごと》き歓声《かんせい》が上がった。

――愛されすぎだろ。

ツッコまずにはいられない。

――まあ、分からなくもないけどさ。

晴季は咲とともに、見習い従者という肩書《かたが》きで王子の後方をついて歩いている。

だから何度も目撃《もくげき》していた。いつどこで誰《だれ》に対しても完璧《かんぺき》な笑顔《えがお》で対応する『王子様』な彼を。

「ヴォりゅグりゅ…でんか」

とてとてっと幼女が沿道から歩み出てきた。母親らしき女性が慌てて追いかけようとするが、警備に止められてしまう。そして別の警備員が幼女を摑まえようとしたところ、王子が制して颯爽《さっそう》と歩み寄った。

「こんにちは、お嬢《じょう》さん」

おそらくそんなふうに言ったのだと思う。

幼女の前に片膝《かたひざ》をつき、国旗を持つ小さな手をそっと取り上げて、キスをした。

にぱーっと幼女が笑い、王子は微笑んで彼女を抱《だ》き上げると、母親のもとへ連れていった。

それを見ていた周囲の誰もが笑顔になる。

こういうことをあまりにも自然に、息をするようにやってのけるのだ、この人は。

この人を『王子様』と言わずして、誰を『王子様』と言おう。本当にそう思う。

式典の間も、王子はずっと注目を浴びていた。それを当然の表情で受け止めて、一瞬たりとも『王子様』を崩《くず》さないのがすごい。

式典が終わって公用車へ戻《もど》る道すがらも、手旗を振る人々に見送られて、笑顔で応える。車が走り出しても、人々が見えなくなるまでその表情のまま。

そして車が加速すると、次の公務へ向かうまでの間、すかさず打ち合わせが行われる。

公用車は警備の者を含《ふく》め、数台に分乗する。通常、王子の車には近衛《このえ》隊《たい》と侍従長しか同乗しないそうだが、晴季と咲は特別に同じ車だ。

打ち合わせする王子の表情は真剣《しんけん》だが、物腰《ものごし》はずっと変わらず柔らかい。

――完璧、だなぁ……。

こうして公務に随行し、王宮では時間が許す限り城内の案内をしてくれたり、食事を共にしたり、早朝のリヒトとの剣《けん》の稽古《けいこ》にも参加させてくれたりして、一日の大半を一緒《いっしょ》に過ごしているというのに、王子は本当にまったく乱れない。

もちろん、約束通り占《うらな》いの『修行《しゅぎょう》』にも付き合ってくれる。

プライベートな時間を、一体いつ取っているのだろうと心配になるくらいだ。

「晴季?」

不意に声をかけられて、ビクッとしてしまった。

視線が絡《から》む。王子のまなざしが、まっすぐに切り込んでくる。

「な、なんですか？」

「いや、何か言いたそうな気がしたのだが。疲《つか》れたか？」

「見てるだけのおれが疲れたなんて言ってたら、今ごろ殿下は倒《たお》れてるんじゃないですか？」

じっくり観察しようとするあまり、凝視《ぎょうし》しすぎてしまったようだ。バツが悪くて、つっけんどんな言い方になってしまう。

それなのに王子は、当たり前みたいに微笑む。手旗を振る国民たちに向けるのと、同じ笑顔で。

「私は慣れているからこれくらいで倒れたりはしないが、振り回されると疲れるものだろう？」

なんだか少し腹が立った。気遣《きづか》ってくれているだけだと分かっているのに。

「次は福祉施設《ふくししせつ》の訪問だが、その間は車で休んでいるか？」

「結構です。そんなにやわじゃありません」

腹立たしさのまま言い返したら、隣《となり》で咲が「……兄さん？」と戸惑《とまど》いがちに顔を覗《のぞ》き込んでくる。

「あ、ごめん。ええと……」

「晴季は負けず嫌《ぎら》いだな。私が片手で持つ剣を、今朝も両手で持てなかったことを、まだ悔《くや》しがっているのか？」

「うっ、明日《あした》こそ持ちます！」

反射的に言い返したら、王子は「ははっ」と声を上げて笑った。顔を、くしゃっとさせて。

その表情を見た瞬間《しゅんかん》、なぜか苛立《いらだ》ちが溶《と》けてなくなる。

——なんだこれ？

よく分からなかった。ただ自分は、あの『王子様の微笑み』を向けられることに、なぜか腹が立つらしいということだけは理解する。

——なんでだろ？　……別にあれも、ちゃんとした笑顔なのに。

むしろ数えきれない人々が色めき立つ、完璧なスマイルだ。邪険《じゃけん》にされたというならまだしも、丁寧《ていねい》に応対してもらっておいて腹を立てる自分が理解できない。

答えは出ないまま目的地に到着《とうちゃく》し、車を降りる。ここでも同様に、手旗を持った人々からのものすごい歓待《かんたい》を受けた。

ここはどうやら老齢《ろうれい》福祉施設らしい。

車椅子《くるまいす》が勢揃《せいぞろ》いする中、王子はひとりひとりを気遣いながらゆっくりと歩いた。

すると突然《とつぜん》、白髪《はくはつ》の男性が車椅子から立ち上がろうとした。

ぐらりと傾《かし》いだ男性の体を、周りにいたスタッフたちが支える。

しかし王子は男性の正面に立ち、微動《びどう》だにしなかった。

男性が何かを言う。ヤーデルブルク語で、か細い声ではあるものの、何かを宣言するように。

そして震《ふる》えながらも、敬礼した。

それに対して王子は、同じように敬礼を返して何かを言い放った。思いがけず厳しい口調だった。表情が引き締《し》まり、ビシッと威厳《いげん》に満ち溢《あふ》れた敬礼。

その途端《とたん》、男性は滂沱《ぼうだ》の涙《なみだ》を流し始めた。声を上げ、感激にむせび泣く。周りのスタッフたちや、老人たちも涙を流し始めた。すると王子は表情を一変し、慈愛《じあい》に満ちた微笑みで彼らの肩《かた》や腕《うで》に触《ふ》れる。そうされるとまた、彼らは感激する。

何があったのか、言葉が理解できないせいで詳《くわ》しいことは分からない。それでも王子がどれだけ愛されているか――違《ちが》う、逆だ――王子がどれだけの人々を幸福にしているか、ひしひしと伝わってきた。

「……兄さん、殿下って……なんか、すごいね」

咲がぽそりと呟《つぶや》く。

うん、と頷《うなず》きながらも、あの占いたくてたまらなくなったもどかしさが胸に舞《ま》い戻ってくるのを感じていた。

――なんなんだろ、これ。

シャツの上から、『神秘の翠』を握《にぎ》りしめる。

『王子様』は、微笑み続ける。

＊　＊　＊

「殿下、昨日のおじいさんって……警察か何かだったんですか?」

朝の稽古の後、剣の手入れを教えてもらいながら、尋《たず》ねてみた。

咲は部屋でパソコンを使って補佐《ほさ》の仕事をしてくれているし、リヒトはすでに近衛隊の朝稽古に去っていった。王子とふたりきりというのはなんとなく落ち着かなくて、何気なく聞いただけだった。

「昨日？　福祉施設での一件か？」

「はい。敬礼してましたよね？」

「……彼は、かつて国境警備の軍人だったそうだ。隣国《りんごく》からの攻撃《こうげき》を受けて、彼以外は部隊が全滅《ぜんめつ》して……その時の怪我《けが》で、彼自身も退役《たいえき》したと」

まさかそんな重い話だとは思っていなかった。軽々しく聞いてしまったことを後悔《こうかい》する。

すみません、と謝って話を切り上げようとしたが。

「あの時彼は、敬礼して言ったのだ。『閣下、任務を遂行《すいこう》できなかった自分に、処罰《しょばつ》をください』と」

「えっ、でも」

「ああ。だから私は叱《しか》り飛ばした。『貴様は立派に国を守った。だから今、我らが王国には笑顔が溢れているだろう。くれてやるのは処罰などではない。褒美《ほうび》の言葉だけだ。よくやった』」

軽く敬礼の真似《まね》をして、そんなことを言う王子に、晴季は痺《しび》れた。

「うわー……王太子様にそんなこと言われたら、あのおじいさん、人生救われちゃいますよ」

「そうだろうか。だったらいいのだが」

さらりと言う。大したことなどしていない、という口調で。

そのことがなぜか、妙《みょう》に引っかかった。

「殿下《でんか》、もうちょっとなんか……ドヤァとかないんですか？」

「どやぁ？」

「あ、俗語《ぞくご》です。ええと、自慢《じまん》する感じっていうか」

「自慢できることがどこにある？」

ふっと笑う彼の腕を、思わず掴《つか》んで揺《ゆ》さぶってしまう。

「あるじゃないですか！　誰《だれ》かの人生を救えるなんて、ものすごいことですよ!?」

「それは王族として当然の役割だろう？」

「え？」

何を言っているのだろう、この人は。

「あのおじいさんを救ったのは、『王族』じゃないでしょ？　あなたの言葉でしょ？」

「おかしなことを。王太子である私の言葉だから、彼は救われるのだろう？　晴季もさっきそう言ったではないか」

苦笑《くしょう》する彼に、それ以上の反論はできなかった。

確かにそう言った。言ったけれど……言葉にできないもどかしさが胸に巣くう。

「殿下……」

声に出して、違う、と思った。

『殿下』ではない――『この人』のことを話したいのに。

姿が見えない。どれだけ注意深く見てみても、『この人』が何を好きで、何をしたくて、何をしてもらったら喜ぶのかが、まったく読み取れない。

そのことがとても悔しい。

――あ、おれ、この人のこと知りたいんだ。

目が覚めるみたいに、そう気づいた。

そして彼の言葉を思い出す。『人と人との関《かか》わりとは、まず相手に興味を持つことから始まる』と。

――占《うらな》いたい。

強烈《きょうれつ》にそう思った。

あの庭での衝動《しょうどう》と同じだった。

占いたい。占うことで関わらせてほしい。この人と向き合いたい。完璧《かんぺき》に整えられた表面だけであしらわれるのはいやだ。

――おれ、この人の本質に関わりたいんだ……！

抱《いだ》いていたもやもやの正体がようやく分かり、顔が熱くなる。

どうやら自分は、相手にしてほしい人に望むような応対をしてもらえないからと、癇癪《かんしゃく》を起こしていたらしい。

――うわー……恥《は》ずかしい！　駄々《だだ》っ子か！

「どうした、晴季？　顔が赤いぞ。まさか熱でも…」

額に大きな手が伸《の》びてくる。反射的に払《はら》い落としていた。

「あっ、すみません。びっくりして。平気です！」

「だが……」

眉根《まゆね》を寄せる王子は、きちんと彼の誠意を見せてくれているというのに、自分はなんて我が儘《まま》なのだろう。

こんなことでは駄目《だめ》だと反省する。

「あ、そろそろ朝食の時間ですよね。戻《もど》りましょ…」

「晴季。ここで占ってくれ。今すぐ」

唐突《とうとつ》にそんなことを言いだした王子に、ギョッとした。

今しがた自分の心の中で吹《ふ》き荒《あ》れた嵐《あらし》のような感情のせめぎ合いを、彼が知っているはずがないのに、なぜか知られているような錯覚《さっかく》に陥《おちい》る。

「なんで急にそんなこと言うんですか？」

「理由が必要か？」

「必要です」

挑《いど》むようにきっぱり答えると、彼は少し面食《めんく》らったようだった。

きっと、占いに理由など必要ないだろう？　と言いたかったに違いない。実際、時間があれば修行《しゅぎょう》と称《しょう》して何度も占っているのだから。

何度占っても、『是《ぜ》』になるのだけれど。

あの初対面の日の不意打ちの『是』のような、どこまでも広がる純白の光景ではなく、通常の範囲内《はんい》に収まる『是』だ。

それでも『是』ばかりというのは、驚異的《きょうい》だった。

「理由か……敢《あ》えて挙げるなら、目の前で帳《とばり》を下ろされるような感じがしたからだ」

「……どういう意味ですか？」

「分からない。ただ、おまえが、私から離《はな》れようとしているように感じた」

「っ！」

息を呑《の》む。なんて的確な表現だろう。確かに晴季は、相手にしてしてと頑是《がんぜ》ない子どものように彼に向けていた感情を、自制しようと考えたところだったのだから。

それを感じ取ったというのか、この人は。

感じ取れるくらい、晴季を注意深く見ていたというのか。

「あなたは、ズルいです」

唇《くちびる》から零《こぼ》れ落ちていた。考える隙《すき》もなく、まるで占いの結果のように確信をもって。

王子は目を見開く。未知の単語を耳にしたとでも言わんばかりの表情で。

それは、くしゃっとした笑《え》みのように、素《す》の彼だと感じた。

「狡《ずる》い？　私がか？」

「そうです。だってあなた、自分は人に与《あた》えまくっておきながら、人には与えさせないじゃないですか」

「……もう少し詳《くわ》しく説明してくれ」

つまり、意味が分からない、ということか。お相子だ、と意地悪な気持ちになる。

「だったらあなたも、『神秘の翠』の力がどうして必要なのか、何をしたいのか、もっとちゃんと説明してください」

売り言葉に買い言葉だ。さすがに同列に語るのは乱暴かと思ったが、彼は怒《おこ》ったりしなかった。むしろおもしろそうに、にやりと頰《ほお》を緩《ゆる》める。

——この人が怒ることとって、あるのかな。

相手に与えるためにわざと厳しい態度を取るのではなく、感情に翻弄《ほんろう》されてコントロールが利《き》かなくなるような……そんな姿など想像がつかない。

「わけが分からない。おまえのような人間は、初めてだ」

「おれだってそうです。あなたみたいに…」

「ジェイだ」

強い語調で、遮《さえぎ》られた。

青い眸《ひとみ》に射貫《いぬ》かれる。一瞬《いっしゅん》、呼吸を忘れたくらい、まっすぐに切り込んでくるまなざし。

「ジェイと呼んでくれ。家族と親しい友人だけが、私をそう呼ぶ」

「……それ、って……」

カァァ……と頰が熱くなる。

ヴォルグルフ・ジャッド・フォーンス・ヤーデルブルク。――彼を、ヴォルグルフ殿下やフォーンス卿《きょう》と呼ぶのは聞いたことがあるが、『ジェイ』と呼ぶ人には会ったことがない。

それくらい、きっと、特別な愛称《あいしょう》。

なぜか、胸が震《ふる》えるくらい嬉《うれ》しかった。

けれど素直《すなお》に、じゃあ呼びます、と言えるほど晴季は彼を知らないわけではなかった。

「でも、おれなんかが、そんな親しげに……」

「ならば、占ってくれ」

「え？」

ずいっと手を出してくる。

「私が晴季に『ジェイ』と呼ばれることは、『是』か『非』か、占ってくれ」

そう来たか。

「そんなこと占ってどうするんですか」

「どうもしない。ただ私が占ってほしいと望んでいるだけだ」

「ええと、自分に関することって占ったことないんですが」

「そうか。ならばそれも一つの修行になるな。ちょうどいい」

一歩も引かない構えらしい。

晴季は苦笑《くしょう》して、首に下げている革紐《かわひも》を手繰《たぐ》り寄せ、シャツの下から『神秘の翠』を出した。

紐を丁寧《ていねい》に外し、指に嵌《は》める。

「できるかどうか分かりませんが……占います」

王子の手に、自分の手を重ねる。『神秘の翠』が肌《はだ》にしっかりと触《ふ》れるように……やけに胸がドキドキした。鼓動《こどう》が彼に聞こえてしまうのではないかと思うくらい。

——集中、集中……。

パシッと脳裏《のうり》に光が差す。

「『是』です」

答えてから、自分が何を占っていたのか思い出した。

「あ」

「決まりだな。ジェイと呼んでくれ」

そう言った彼は、やけに嬉しそうで。

——なんで？

まじまじと眸を見つめたら、同じように見つめ返されてしまった。

——あ、……おれが映ってる。

澄《す》み渡《わた》った青空のようなその眸に、自分がいる。

吸い込まれそうな感覚を覚えた。

それは初めて王子を占った時の、意識が薄《うす》れるあの感じと似ている。

……スッ、と彼の眸が細められた。射竦《いすく》めるような鋭《するど》さに、まるで自分が捕食《ほしょく》される小動物になったかのような不安が湧《わ》いてくる。

鼓動が早鐘《はやがね》を打ち始めた。なぜか緊張《きんちょう》が張りつめていて——何かが起こりそうな予感がした。

と、その時。

ぴょーん！

ふたりの間に、白い物体が飛び込んできた。

「っ⁉」

仰《の》け反ってよく見ると、それはもふもふの生き物。

「翡翠《ひすい》うさぎ！」

ぴょーん、ぴょーんと驚異的なジャンプ力を披露《ひろう》した一羽《わ》のうさぎは、晴季の手の甲《こう》に着地した。

『神秘の翠』の上に、もふっと座り込む。

「……あ」

思わず王子の顔を見る。

これはいわゆる、『神秘の翠』がヤーデルブルク産であることの証明になるのではと緊張したのだが。

「おまえなぁ……今のは絶対、わざとだろう」

王子はなぜか苦笑いで、うさぎに話しかけている。

「え、お知り合いですか？」

変なことを言ってしまった、と慌《あわ》てたが。

首元の黒い蝶《ちょう》ネクタイが目に入った。

「あっ、この子！　この前も庭にいましたよね？　捕《つか》まえたらいけないはずなのに、こんな首輪みたいな……あれ？」

よく見ると、黒い部分もふもふしている。そして何かで留めている形跡《けいせき》もない。

「あ、これ、模様なんだ……！」

胸元《むなもと》に、三角形を二つ、頂点をくっつけて並べたような形で黒い毛が生えているのだ。だから蝶ネクタイに見えたらしい。

覗《のぞ》き込むと後ろ足で立ち上がり、晴季に向かってひくひくと鼻を動かした。翡翠色の瞳《ひとみ》がつぶらで可愛《かわい》すぎる。

「うわー、ほんと可愛い。伯爵《はくしゃく》みたい」

「なぜ伯爵なのだ？」

「え、蝶ネクタイといえば、なんか伯爵っぽくないですか？」

と言ったものの、よく考えたらこの人も初対面はタキシードで蝶ネクタイだった。

「なるほど、伯爵か。えらく出世したものだな」

「うっさー伯爵と呼んであげてください」

晴季がそう名付けると、王子はやたらとウケている。

目がなくなるほど細くなって、くしゃっとしているのが嬉しい。

「模様のある子もいるんですね」

「いや、かなり珍《めずら》しい。基本的に全身白で、突然変異《とつぜんへんい》で違《ちが》う色の毛が混ざることがある。ここまで特徴《とくちょう》的な模様を持つのは、こいつだけだな」

「そうなんですか。やっぱりこの子、お知り合いだったんですね」

「……ああ、まあな」

「もしかして、ちゃんと名前がありますか？」

「あるといえばあるが、ないといえばない。人によって違う名をつけているようだぞ。だから晴季は、うっさー伯爵でいいのではないか？」

これだけの特徴を持つ子がいたら、誰《だれ》もが名前をつけたくなるものなのかもしれない。

ちょい、と王子が人差し指で背中を撫《な》でようとすると、うっさー伯爵はぴょんと跳《と》び上がって指に蹴《け》りを入れた。

「いてっ。おまえなぁ」

ぴょーんぴょーんと王子を翻弄するように腕《うで》、肩《かた》、とジャンプして、また晴季の手に戻《もど》ってくる。『神秘の翠』を独《じ》り占めしようとするように、翡翠の上で丸くなった。

「おい、うっさー伯爵」

王子が呼ぶが、完全無視だ。もっとも伯爵本人は、そんな名前をつけられたことさえ認識《にんしき》していないのだろうから当然だが。

「おまえ、ご主人様はどうしたんだ？」

——ご主人様？

晴季は首を傾《かし》げた。まるでこの子が誰かに飼われているみたいな言い方ではないか。

「殿下《でんか》、翡翠うさぎって…」

『ジェイ』」

じろっと睨《にら》んで訂正《ていせい》を求められ、頬《ほお》が熱くなる。

「あ、う、………ジェイ」

「ん？」

王子が微笑《ほほえ》んだ。とろけそうに甘いものを口に含《ふく》んだみたいな、柔《やわ》らかい表情で。

ぎゅっと心臓を鷲掴《わしづか》みにされたような気がした。

そんな自分の体の反応にびっくりする。

なんだろう、これは。まさか不整脈ではないと思うのだが……。健康に産んでもらったおかげで、兄弟三人とも大病知らずだ。

——あ、もう普通《ふつう》の脈に戻った。気のせいか。

「ええと、翡翠うさぎって、飼えないんですよね？　ご主人様ってなんですか？」

「あー、アレだ。言葉の綾《あや》？　前に『翡翠うさぎ調査隊』の話をしただろう？」

「はい。少数精鋭《せいえい》の、国に任命されたスパイみたいな人たちでしたよね？」

晴季の中では、すっかり諜報《ちょうほう》部員のようなイメージになっている。

「そう、それだ。その中のひとりに、こいつがやたらと懐《なつ》いていてな」

「はっ。コードネームみたいなものですね？」

張り切ってそう言ったら、王子は噴《ふ》き出した。なぜだ。

あまりに派手なアクションだったせいで、驚《おどろ》いたうっさー伯爵がぴょーんと跳び上がる。そのまま、ぴょーんぴょーんと逃《に》げてしまった。

「あーあ。行っちゃったじゃないですか」

責めてみつつ、本当は嬉《うれ》しかった。

もっと笑ってほしい。もっとこの人の素《す》の表情が見たい。

「ジェイ」

呼んでみたら、「ん？」と返事をしてくれる。この甘い微笑みもそうなのだと分かったら、胸がほこほこ温かくなった。

「……なんでもないです。そろそろ戻りましょうか。たぶん咲がお腹空《なかす》かせてると思うし、殿……ジェイも公務の準備がありますよね？」

ふたりで立ち上がり、歩き始めた。

その時、うっさー伯爵が去っていった方向に、人影《ひとかげ》を見つける。

朴訥《ぼくとつ》とした男性のシルエット。

「あ。あの人って、前にうっさー伯爵を肩に乗せてた方じゃないですか？」

王子はチラッとそちらを一瞥《いちべつ》して。

「どうだったかな」

スタスタと先に歩いていってしまう。

その態度が不自然に思えたのは、きっと晴季の気のせいではない。

＊　＊　＊

占《うらな》う相手が王子だと、ひとりでも失敗しない。百発百中、占える。

しかしリヒトの場合は五分五分だった。ひとりで難なく占える時もあれば、どれだけ集中しようともまったく駄目《だめ》で、咲に補佐《ほさ》に入ってもらったこともある。

定位置に咲が入ってくれると、いつも通り魔法《まほう》のように占えるようになる。

そして王国に来てからは毎日、咲に対しても占いの練習をしているが、まったく駄目だった。

晴季は、咲を占えたことがない。これまでの人生で、ただの一度も。

「うーん……何が違うんだろーっ」

頭を抱《かか》えてテーブルに突《つ》っ伏《ぷ》してしまった。

「兄さん、あんまり思い詰めると体に毒だよ。……ちょっと休憩《きゅうけい》しよう？　お茶淹《い》れるね」

ここは咲に宛《あて》がわれた私室で、自分たち以外誰もいない。ふたりで過ごす時は常にこの部屋で、今ではすっかり自宅と同じ調子だ。

「……でも、もう一週間だ」

丁寧《ていねい》にハーブティーを淹れている咲に聞こえないくらいの声で、ぽそりと呟《つぶや》く。

ヤーデルブルク王国に来てから一週間。とても長い時間を過ごしたようでいて、同時にあっという間に過ぎてしまった。

今日は随行《ずいこう》できる公務がないため、丸一日フリーだ。王子は午前中に会議があり、午後から休日だという。

だから街を案内すると誘《さそ》われているが、そんなことをしている場合ではないという焦《あせ》りに晴季は支配されていた。

「はい、どうぞ。レモンバームにしたよ。疲労《ひろう》回復にいいんだって」

「さんきゅ」

指から『神秘の翠』を抜《ぬ》いて、テーブルの上に置く。直置《じか》きはなんとなく憚《はばか》られるので、ハンカチを敷《し》いて。

「……咲、ハーブティーとか好きだったんだな」

「そうみたい。映画で見て憧《あこが》れてはいたけど、こういう、耐熱《たいねつ》ガラスのティーポットとか、日常生活ではあんまり縁《えん》がないもんね」

中庭に面した窓辺のテーブルで、色とりどりの花を眺《なが》めながらお茶を飲むのが、ここに来てからの咲の楽しみらしい。

とはいえ、のんびりお茶だけをしているわけではなく、パソコンで補佐の仕事をしながらなのだが。

——咲には苦労をかけてばっかりだ……。

また自己嫌悪《けんお》に陥《おちい》りそうになり、ダメだダメだとかぶりを振《ふ》ってマイナス思考を追い払《はら》う。

落ち込んだら、立ち止まってしまう。時間がもったいない。今は一歩でも前に進まなければいけないのに。

「占える時と占えない時、何が違《ちが》うんだろうなー……」

「殿下だけいつでも成功するのって、すごいね」

「うん。なんであの人を占えるのかが分かれば、コツが摑《つか》めると思ったのになぁー。まさか、占ってほしいことを念じるあの人の力が並外れてるだけだとかいうオチじゃないよな……」

「殿下、意志の強さが並外れていらっしゃいそうだもんね」

うん、と頷《うなず》きながら、少しもぞもぞしてしまった。

一昨日《おととい》、ジェイと呼ぶように言われてから、王子とふたりの時は抵抗《ていこう》なく呼びかけられるようになったが、なぜか咲との会話で彼をそう呼ぶことが照れくさい。

今までみたいに『殿下』とも呼べなくて、ついあやふやな言い方をしてしまう。

「でも、それを言うなら、リヒトさんも絶対にブレなさそうだもんなぁ……やっぱり違うか」

「兄さん、成功する時としない時って、何かパターンみたいなのはないの？」

「パターン？」

「場所とか状況《じょうきょう》とか時間とか」

これまでにリヒトを占った時のことを思い出す。

最初は夜だった。ヤーデルブルク産の翡翠《ひすい》と翡翠うさぎの関係を教えてもらった、あの日だ。

夕食を終えて、来客用の珈琲《コーヒー》ルームで四人だけになって、占い方を説明して、占わせてもらった。そしていきなり、咲の補佐を頼《たよ》った。

急に場所を移動した咲は、「館《やかた》での定位置なので、兄が集中しやすいかと思いまして」とさらりと説明した。仕事の際の口調だった。

結局、その夜は咲の補佐なくしては占えず、落ち込みながら眠《ねむ》りについた。

二回目は、翌朝。剣《けん》の稽古《けいこ》に参加させてもらった時だ。

完全に自分の趣味《しゅみ》だから、咲まで早起きにつき合わせるのは悪いと思い、ひとりで部屋を出た。咲は結局、同じ時間に起きて部屋で仕事をしていたのだが。

初めての剣の稽古は、ほとんど王子とリヒトの手合わせを見るだけで終わった。本物の剣を手にすることさえ初めての晴季には、その重さに慣れるのが第一目標となったから。

早朝の澄《す》んだ空気の中で交えられる真剣は、背筋がゾクゾクするくらいのド迫力《はくりょく》だった。

終わってすぐに、「この剣を修理に出すべきか占ってほしい」と突然《とつぜん》リヒトに言われ、興奮冷めやらぬままその場で占った。即座《そくざ》に明確な『是《ぜ》』と出た。

占った後で、ひとりで占えたことに驚いた。

よくよく思い返してみると、その後も似たようなパターンを繰《く》り返している。

――あれ？　もしかして、身構えない方がいいのか？

占うぞ！　と気合を入れて、ひとりで占えるだろうか……と不安の芽が胸にあった時、『神秘の翠』の力を充分《じゅうぶん》に発揮できていないのではないか。

初めて、そんな可能性に気づいた。

「……咲、ちょっと占っていい？」

「あ、はい」

「そのままでいいよ。リラックスしてて」

ティーカップを置いて姿勢を正そうとした咲を止める。

『神秘の翠』を嵌《は》め直し、咲の手に重ねた。しっかりと翡翠が触《ふ》れるように。

――なるべく肩《かた》の力を抜いて……余計なことを考えないで……占えないかもとか、考えないで……考えるなってば！

「……ごめん、ちょっと思いついて試《ため》してみたけど、また今度にする」

戸惑《とまど》う咲に笑顔《えがお》で誤魔化《ごまか》して、手を離《はな》した。

なんとなく気まずい空気が流れたちょうどその時、それを打ち消すようにトントンと部屋の扉《とびら》がノックされる。

「はーい？」

「私だ。今、いいか？」

王子の声が聞こえて、慌《あわ》てて扉を開けた。

「会議はもう終わったんですか？　何か予定の変更《へんこう》でも……」

聞きながら、王子の後ろに人がいるのを見つける。いつも通り黒ずくめのリヒトは当然のこと、もうひとり男性が立っているのだ。

琥珀色《こはくいろ》の髪《かみ》に、どこか野性味のある整った顔立ち。滴《したた》るような男の色香《いろか》……「雰囲気《ふんいき》がある」というのは、こういう人のことを言うのだろうか。

どこかで見たことがあるような気がした。だが、一度会ったら忘れるわけがないと思うのだけれど。

「晴季と咲に紹介《しょうかい》したい友人を連れてきた。部屋に入ってもいいか？」

「あ、はい。もちろんです。どうぞ」

招き入れると、咲の顔が見るからに強張《こわば》った。

——あっ、人見知りが発動しちゃった!?

違う部屋に移動すべきだっただろうか。そう思ったが。

「……さ、は、ら……ゆ、だい……さん……？」

ガチガチに固まったロボットみたいなぎこちなさで、一音一音、絞《しぼ》り出すように咲が言う。

視線は、王子の後から入ってきた男性に釘付《くぎづ》けで。

——さはらゆだい？

咲の視線を追って、晴季も改めて彼を見た。

こちらに向かって微笑《ほほえ》んだ彼の、洗練された空気。その表情に、記憶《きおく》の片隅《かたすみ》でチカッと光が瞬《またた》いた。

知っている。絶対に、この人のことを。どこで会った？　いや、どこで見た？　——そうだ、見たのだ。一方的に、晴季が彼を……スクリーンの中で！

「佐原悠大《さはらゆうだい》……！」

国際的に活躍《かつやく》している映画俳優だ。咲がこの人の大ファンなのだ。バッと咲を見ようとした瞬間《しゅんかん》、佐原が意外そうに口にする。

「お？　俺のこと、知ってくれてるんだ？」

声が、メディア越《ご》しと一緒《いっしょ》だった。当たり前だけれど。

そして驚《おどろ》きのあまりうっかり声に出してしまった上に、呼び捨てにしてしまったことに気づく。

「申し訳ありません！　大変、失礼しました」

彼に向き直り、深く頭を下げる。

「あはは。いいっていいって。ジェイから映画好きの兄弟って聞いてるし、光栄だよ」

ドキッとした。今、彼は王子のことを、あの愛称《あいしょう》でさらりと呼んだ。

それだけで、この人がどれだけ親しい友人かということが分かったかもしれない。

そう理解すると同時に、なぜか……一瞬だけ、胸の辺りがもやっとした。すぐに消え去って忘れてしまったが。

「あ、映画好きっていうか、佐原さんのファンなんです。おれの弟が」

ぐいっと咲を前に押し出す。

硬直《こうちょく》したままパニックに陥っているらしい咲は、口を何度か開け閉めするものの、もう一言も発せずにいる。

ここは兄である自分が、しっかり弟をアピールしなければ。

「弟の咲です。花が咲《さ》く、の咲という字です。よろしくお願いします」

頭を下げると、咲もバネ式のおもちゃのようにビョンッと勢いよくお辞儀《じぎ》をした。

「そうか、咲。綺麗《きれい》な名前だな。よろしくー。お兄ちゃんの方の名前は？」

「あ、晴季です」

「春の樹木？」

「いえ、天気の晴れに、季節の季と書きます」

「オッケー、晴季な。よろしく。俺のことは悠大でいいぜ」

なんて気さくな人だろう。ワイルドでありながらどこか上品な笑みでそう告げられ、完全にファンになってしまった。

もちろん今までも好きな俳優だったが、晴季にとって彼は、あくまで『咲の大好きな佐原悠大』だった。

「紹介する手間が省けたな。甲冑廊下《かっちゅうろうか》で『決戦の日』の話をしていたから、知っているとは思っていたが」

「びっくりですよ！　あの時に言ってくれたらよかったのに」

思わず唇《くちびる》を尖《とが》らせると、王子に苦笑《くしょう》されてしまった。

「本当はあの翌日に紹介できる予定だったのだが」

「悪《わり》ぃな。クランクアップが後ろにズレちまったんだよ。でもこの後はがっつり休みだから、いくらでも協力できるぜー」

　パチンとウィンクされて、戸惑った。

「晴季、遅《おそ》くなってすまなかった。龍以外にもうひとり占《うらな》いの修行《しゅぎょう》に使ってほしいと言っていた相手がこの悠大だ」

「ジェイ、覚えてくれてたんですか？」

　あれきり一言もないから、駄目《だめ》になったのかと思っていた。

「へぇ……。ジェイ？　おまえ、お兄ちゃんのこと、めちゃめちゃ気に入ってんだ？」

　にやっと王子の顔を覗《のぞ》き込んだ悠大の反応で、自分が「ジェイ」と口走ったことに気づく。かーっと頬《ほお》が熱くなった。別に、恥《は》ずかしいことではないはずなのだけれど。

「悪いか」

「いーえー？」

「おまえも龍も呼ぶだろう」

「俺と龍とおまえの家族だけな？　ああ、師匠《ししょう》もいたっけ？」

「その話はするな」

「そりゃ失礼っ」

　にやにやする悠大と王子との会話は、驚くほど砕《くだ》けたもので、そして王子がこの部屋に入ってきた瞬間から『王子様』の表情をしていないことに気づく。

　今の彼は、完全にプライベートだ。

晴季がもっと見たいと強く思った素《す》の彼が、惜《お》しげもなく大放出されている。なんだか悔《くや》しい。

「ええと、失礼ですが、おふたりって……どういうご関係なんですか？」

「端的《たんてき》に表すなら、はとこだな」

「え⁉」

「そー。これでも俺、ヤーデルブルク王国の王位継承権《けいしょうけん》持ってるんだぜ？」

「二十五位だがな」

「一位だからって威張《いば》ってんなよ」

軽口の応酬《おうしゅう》が始まるが、晴季は驚きのあまり呆然《ぼうぜん》としてしまった。

なんでもないことのように言っているが、ものすごい爆弾《ばくだん》発言ではないだろうか。あの佐原悠大が王族だなんて、聞いたことがない。

思わず咲に「知ってた？」と尋《たず》ねると、目をまんまるに見開いてぶんぶんかぶりを振《ふ》る。

「ついでに言うと、幼馴染《おさななじ》みでもあるんだぜー。俺の母親は王のはとこで、王妃《おうひ》の従姉妹《いとこ》なんだけど、姉妹みたいに仲良くってさ」

「え？　え？」

「つまり私の両親、王と王妃自体がはとこ同士だということだ」

王太子が補足してくれたが、なにがつまりか分からない。図を描《か》いて説明してほしい。

「仲良し従姉妹のお姫《ひめ》さんたちは、せっかく同時期に懐妊《かいにん》したんだから、せーので一緒に産もうとか言い出したらしくてな」

「驚くことに、本当に同じ日に産んだのだ。だから私と悠大ははとこだが、ほとんど兄弟のようにして育った。その三ヶ月前に生まれていた龍も一緒だ」

リヒトが無言で、ゆったりと頷《うなず》く。

王子には妹が五人いて、男兄弟はいないと資料では見ていた。けれど実際には、こんなに素《す》敵《てき》な兄弟がいたらしい。

「あっ、だからそんなに日本語が流暢《りゅうちょう》なんですか？」

「ああ。幼い頃《ころ》、悠大の父親に『忍者《にんじゃ》の言葉だ』と密《ひそ》かに絵本を与《あた》えられたところから、私の日本語のすべてがスタートしている……」

噴《ふ》き出してしまった。

忍者を信じてしまうような幼い王子は、さぞかし可愛《かわい》かったことだろう。

「そういうわけで、悠大と龍だけは、もし私が不在でも修行に付き合わせて構わない」

「いつでもなんでも協力するぜー」

そう言ってもらえるのはとてもありがたい。礼を言いつつ、けれど王子の本来の目的はどうなっているのだろうと気にかかる。

真正面から尋ねても笑顔《えがお》で煙《けむ》に巻かれるのなら、自分で王子を観察して情報を得ようとがんばってみたが、まったく素振《そぶ》りがうかがえない。正直なところ、お手上げ状態だった。

「……悠大さんは、ジェイがおれにしてほしいことと、関係があるんですか？」

王子を見上げて尋ねると、ほんの僅《わず》かな沈黙《ちんもく》の後、整った微笑みを彼は浮《う》かべた。

「直接関係があるとは言えないが、広い意味では、もちろんある」

やはり答えてもらえない。

――だったらなんで、あんなに強引《ごういん》に迎《むか》えに来たんだよ！

逆切れして暴れたくなったが、さすがにケンカを吹《ふ》っ掛《か》けるわけにはいかない。晴季は必死に文句を飲み込む。

「咲っ、悠大さんたちにもハーブティー淹《い》れてあげたら？」

感情を誤魔化《ごまか》すための話題転換《てんかん》は、強引すぎただろうか。突然矛先《とつぜんほこさき》を向けられた咲は「えっ、えっ」と動揺《どうよう》している。

――うう……咲、ごめん。

けれど咲に、悠大と少しでも話をさせてやりたいのは本心だ。

普段《ふだん》なら人見知りしている咲を前に出すどころか、できる限り自分が盾《たて》になって背中に隠《かく》れられるようにしてやろうと行動するところだが、悠大だけは話が別だ。

「悠大さん、咲ね、本当にあなたの大ファンなんですよ。観《み》てない作品なんてないんじゃないかな」

「え、マジで？」

身を乗り出してきた悠大に、咲はあうあうと真っ赤になって晴季の陰《かげ》に隠れてしまう。やっぱりか。

ならばここは自分ががんばらねばと、晴季は俄然《がぜん》張り切った。

「な？　全部観てるよな、咲？」

「そうは言っても、なんだかんだで、かなりの作品に出させてもらってるぜ？」

「子役からですもんね。でも咲、映像作品だけじゃなくて、悠大さんの芸大時代の舞台《ぶたい》ＤＶＤとかも観てたよな？」

「えっ、一般販売《いっぱんはんばい》してないだろ？」

「芸大の図書館で閲覧《えつらん》させてもらったんだよな？」

真っ赤になって隠れながらこくこく頷く咲に、悠大が「マジかよー、咲。ありがとな」と話しかけてくれる。

咲はほとんど涙目《なみだめ》だ。晴季のシャツにしがみつくその姿は、幼い頃と変わらない。

「あと、咲は…」

「晴季。なぜおまえがそれを言うのだ？」

唐突《とうとつ》に、王子が口を開いた。眉間《みけん》に皺《しわ》が寄っている。そんな表情は初めて見た。

「先日から見ていると、おまえは弟に対して過保護すぎる。もっと咲を信用してやれ」

何を言われているのか分からなかった。怪訝《けげん》な顔になってしまう。

「信用してます。過保護どころか、おれが、咲に助けられてばかりです」

「ならばなぜ、咲の言葉を奪《うば》っておまえが話す？」

「っ！」

息を呑《の》んだ。そんなふうに見えていたのかと。

「咲は引っ込み思案なようだが、時間をかければきちんと話せるではないか。おまえが咲を背中に庇《かば》う必要はない。咲には、自分で話せる口がある」

「――っ！」

それは言ってはならない言葉だった。

なぜなら、咲には――口を利《き》けなかった時期があるから。

「あなたには分かりません！」

思わず、怒鳴《どな》っていた。

咲に腕《うで》をグッと引かれた。晴季を止めようとしているのは分かる。けれど守らなければいけないと思った。

――おれが、お兄ちゃんなんだから……！

「見ていれば分かると言っただろう。少なくとも、過保護だということは事実だ」

「どこがですか。兄が弟を守るのは当たり前のことでしょう!?」

「そうだな。だがその行動は守るとは言わない。晴季は、先手を打って本人の代わりに何かをしてやるというのは、結局は本人のためにならない。晴季は、咲のチャンスを奪っているだけだ」

頭を鈍器《どんき》で殴《なぐ》られたようなショックを受ける。

大切な、大切な、何よりも大切な弟のチャンスを自分が奪っているだなんて、――誰《だれ》よりもこの人に言われたことがショックでたまらなかった。

「おい、ジェイ。言いすぎだって。どうしたんだよ、おまえらしくない」

悠大が止めに入るが、王子は晴季から目を逸《そ》らさなかった。

「そして私には、晴季が、『守る』という行動に依存《いぞん》しているように見える。違《ちが》うか？」

「っ！」

――依存、って。

心臓を抉《えぐ》られるような痛みを覚えた。

どうしてこの人に、こんなことを言われなければいけないのだろう。

「っち、違うんですっ、殿下《でんか》！」

咲が震《ふる》える声で叫《さけ》んだ。真っ赤になって、泣きそうな顔で、それでも晴季の前に出る。

「僕がっ、……昔、僕が……っ」

「咲！　言わなくていい」

止めようとした。けれど王子が「晴季！」とたしなめる。

その瞬間《しゅんかん》、耳に先ほどの王子の言葉が甦《よみがえ》ってしまった。咲の言葉を奪っている、チャンスを奪っている――という。

動けなくなった。

そんなことない、何も分かってない、と腹が立つのに、まさか本当にそうなのだろうかと不安になってしまったから。

王子がどれだけ鋭《するど》く人を見ているか、晴季はもう知っていたから。

「……声、が…………」

続かない。沈黙が落ちる。咲は何度も口を開くが、息だけが零《こぼ》れる。焦《あせ》り始める。みんなが咲に注目している。そのことでさらに焦りが募《つの》る。

――もうやめてくれよ！　咲を追い詰《つ》めないで……！

「さ、」

「咲、ゆっくりでいい」

王子が微笑《ほほえ》みかける。晴季に向けていた厳しい表情の欠片《かけら》もなく、国民に向ける時と同じ慈《じ》悲《ひ》深い微笑み。

ホッと咲の肩《かた》の強張《こわば》りが解けたのが分かった。

改めて口を開くが……やはり、吐息《といき》が漏《も》れるばかり。

自分が代わりに説明したかった。

咲は、両親が急逝《きゅうせい》した時、ショックのあまり声自体を失ってしまった時期があるのだと。まだ中学一年生だった。級友や周囲の人たちは同情的で、そのことで意地悪をされるようなことはなかったが……話すのを「待ってくれる」優《やさ》しさが何よりもつらかったと、後になって教えてくれた。感謝するべきなのにプレッシャーに感じてしまう自分が、とても恩知らずで嫌《いや》な人間に思えたと。

――もういい。ジェイになんて言われてもいいから、やっぱりおれが……。

そう思い、晴季が口を開きかけた時だった。

スッと、悠大が動いた。

しかもなぜか、突然《とつぜん》のムーンウォークで。

「悠大？」

晴季たちだけでなく、さすがの王子も目を見開いている。リヒトもさほど表情は変わらないが、唖然《あぜん》としているのが雰囲気《ふんいき》で分かった。

悠大はムーンウォークからのパントマイムに移行し、咲の手を取った。空中に壁《かべ》があることを表現し、押しても引いても動かない……というパフォーマンスに咲を付き合わせてから、

「さあどうぞ、きみの番だよ」と身振《みぶ》りで示す。

――あっ！　そういうことか……！

理解したのは、たぶん咲と同時だった。

ハッと表情を変えた咲は、少し考えて……ゆっくり、動き出した。

まず自分を指さし、次に手のひらを下に向けて低い位置を示し……。

――「僕」が、「小さい」……？　あっ、昔、ってことか。

今度は喉《のど》を押さえ、口を開ける。そして声を出そうとする動作。何度かやって、顔を横に振った。

「声」が、「出なかった」。

言葉で説明しなくても、咲はそのことを、この場にいる全員に伝えてみせた。

ひとりで、伝えてみせた。

ぎこちない動作ながら、声が出なかったこと、晴季が庇ってくれたことを表現し終えた咲は、どこか自信を得たような明るい表情で、ぺこりと頭を下げた。

「聞いてくださって、ありがとうございました」

つっかえることなく声まで出た。

——咲……！

胸がいっぱいになって、泣きそうになる。

そして悠大に感謝した。

咲があの時、立ち直れたのは——悠大の映画のおかげだと、晴季は知っている。

偶然《ぐうぜん》だけれど、その悠大が今ここで再び咲を救ってくれたことが、奇跡《きせき》に思えた。

「ですので、殿下。兄が僕に対して過保護に感じられたのだとしたら、弱かった僕が悪いんです」

「咲は悪くなんかない！」

声を荒《あら》らげてしまった晴季に、咲が笑った。

向かい合った咲が……なぜか、知らない人みたいに感じられた。

「兄さん、僕、ちゃんとひとりで立てるようになるからね。もう心配しないで」

そんな咲の言葉を……突《つ》き放されたように感じるなんて、どうかしている。

分かっているのに、晴季の胸を支配するのは、自立しようとする弟への頼《たの》もしさではなく、ただただ淋《さみ》しさだけだった。

――まさか、おれ……本当に、依存してた……？

暴《あば》かれた自分の心に、愕然《がくぜん》とする。

その恐《おそ》ろしい事実は、王子のもう一つの指摘《してき》も真実である可能性を示唆《しさ》していたから。

――本当に、おれが……咲のチャンスを奪ってた？

咲だけではない。おそらく充希も。

そう考えたら、自分のしてきたことが、恐ろしくてたまらなくなった。

「晴季？」

訝《いぶか》しげに声をかけられて、なんとか誤魔化《ごまか》さなければと焦る。

「あっ、ええと……咲が立派で、なんか泣きそうになっちゃって……」

と口にしたら、本当に鼻の奥がツンとした。

「うわっ、ごめん、マジで泣きそうっ……おれちょっと、失礼しますっ」

扉《とびら》に向かってずんずん歩くと、背中から悠大の「お兄ちゃん感動屋か〜？　恥《は》ずかしがらずにここで泣いてけよー」という声が追いかけてきた。

どうやらうまく誤魔化せたらしい。

「兄さん……」

「後で、食堂でなっ」

顔は見られなかった。涙《なみだ》が零れる直前になんとか扉を潜《くぐ》り抜《ぬ》けられて、ホッとしたのも束《つか》の間。

なぜか続けて王子が出てくる。眉間《みけん》に皺《しわ》を寄せている。

「えっ、ジェ……っ!?」

手を引かれて、廊下《ろうか》を歩きだした。晴季に宛《あて》がわれた部屋に向かっているらしい。

驚《おどろ》きのあまり涙は引っ込んだが、罪悪感による胸の痛みに苛《さいな》まれる。

また王子に叱《しか》られるのだろうか。さっきみたいに。

そう思ったらとても悲しくて……けれど叱られて当然だと思った。王子に指摘されなければ、晴季は今この瞬間も、まだ自分の罪に気づけていなかっただろう。

悄然《しょうぜん》と手を引かれてついていく。

王子に促《うなが》されて部屋の鍵《かぎ》を開け、室内に足を踏《ふ》み入れた途端《とたん》……なぜか目の前で、王子が頭を下げた。

「すまなかった、晴季。さっきの私の発言は、半ば嫉妬《しっと》だった」

「……しっと?」

という音に当てはまる漢字を、晴季は「嫉妬」くらいしか思いつけないのだが。それだと意味が通じない。

「あのような露悪《ろあく》的な言い方をするつもりはなかった。きみたち兄弟に何か深い事情があるのだろうということも、なんとなく分かっていた。それなのに、あまりにも……」

言い淀《よど》む王子は、バツが悪そうに視線をうろうろさせて、やがて意を決したように晴季に据《す》えた。

まるで挑《いど》むように、言い放つ。

「あまりにもおまえが咲にべったりで、腹が立った」

「……へ？」

べったり、とは。

言い方はそれで合っていますかと確認《かくにん》したくなる。

「おまえを咲から引き剝《は》がしたいという衝動《しょうどう》に、抗《あらが》えなかった」

「衝動？　ジェイが、ですか？」

それは王子からもっとも縁遠《えんどお》い言葉ではないだろうか。

びっくりしすぎて、また叱られるだろうと身構えていた体から力が抜ける。

そして彼が何を言おうとしているのか知りたいと、心が動く。

「晴季、兄として弟を想《おも》う気持ちは、私にも分かるつもりだ。私だって妹たちが可愛《かわい》い。彼女たちが笑顔《えがお》で暮らせる国を守り続けることが、私の務めであり人生の目標だと考えている。だが、彼女たちが決して傷つかない地上の楽園を目指しているわけではない。この意味が分かるか？」

「……え、と……楽園は、現実的じゃないっていうことですか……？」

国を守る、というのは、この人にとっては現実だから。夢物語と現実は違《ちが》うと言いたいのかと思ったが。

王子はゆっくりとかぶりを振った。視線は晴季に据えたまま。そしてきっぱりと口を開く。

「彼女たちには、傷つく権利があるということだ」

「……権利？」

「そう、権利だ。私の妹には、ひとりの人間として、傷つく権利がある。そのチャンスを奪《うば》うことは、兄だろうが国王だろうが神だろうが許されない」

ギクッとした。やはり先ほどの、晴季への叱責《しっせき》の続きだろうかと。

咲のチャンスを奪っていると指摘されて、本当にそうだったのだろうかと恐ろしくなったけれど……この彼の主張には、納得《なっとく》がいかない。

「傷つくことが権利だなんて、おれは思いません。なんでわざわざつらい思いをする必要があるんですか？　大事な人が傷つくのが分かってて、それを自分なら防いであげられるっていう状況《じょうきょう》なら、普通《ふつう》は助けると思います。あなたは違うんですか？」

違わないと言ってほしかった。この一週間、晴季が見てきたこの人なら、苦しんでいる人に手を差し伸《の》べるのは当然のことだと言ってくれると思ったから。それなのに。

「それが生命に関《かか》わることなら、もちろん迷わず助ける。だがそうでないなら、見守る。私にとっては、それが普通だ」

「ただ見てるだけなんて、そんな冷たいこと……！」

「ただ見ているだけではない。見守るのだ」

何が違うのだろう。行動を起こさなければ、それらは同じではないのだろうか。

「人は傷ついて、それを乗り越《こ》えようとすることで自分を見つめ直し、試行錯誤《さくご》し、成長するものだ。傷つくことを未然に防ぐというのは、そのチャンスを奪うことに他《ほか》ならない」

「そんなのきれいごとです！　成長なんて、他のことでもできるでしょう⁉　だったらわざわざ傷つくところを眺《なが》めてなくても…」

「ならばおまえは、一生、弟の面倒《めんどう》を見てやるつもりか⁉」

声を荒らげた王子に、晴季は目を瞠《みは》る。

「弟が傷つかないようにおまえが未然に防いで、防いで、一生防ぎ続けるつもりか？　弟にべったりついて回って、弟を最優先にして、決して弟より大事なものを作らず、弟より先に死ぬこともなく、瑕《きず》一つない綺麗《きれい》なままの存在で一生を終えさせると？」

挑むように言われたことは、極論だと思った。けれど……言わんとしていることは分かる。

そして晴季は、自分の行動が長い目で見た時にどんな結果を招くのか、考えてみたことがなかったことに気づかされた。

目の前のことしか、見えていなかった。

「晴季。おまえは、おまえだ。そして咲は、咲だ。おまえたちは兄弟で、別々の人間なんだ。

──晴季が、咲の人生を生きてやることはできないんだ」

「っ！　そんなこと……」

分かっている。分かっているつもりでいた。……しかし本当にそうだろうか。

「……先ほどの咲の話だが、声が出なかったことがあるのだな？」

こくり、頷《うなず》いた。咲の表現がちゃんと伝わっていたことが嬉《うれ》しい。

「ご両親が亡《な》くなられた後か？」

もう一度、頷く。王子はそっと視線を落とした。

「そうか。……つらかったな？」

「……はい。とてもつらかったと思います。でも咲は、」

「違う。おまえがつらかったな、と言っているのだ」

「……え？」

視線が合う。絡《から》み合う。なぜか、心の奥まで覗《のぞ》き込まれているような気がした。

「自分が守らなければいけないと、必死に弟たちの盾《たて》になってきたのだな？　そしてそのまま……今までずっと、気を張り続けてきたのだろう？」

慈愛《じあい》に満ちたまなざしだった。

けれどそれは咲に対してのものとは違い、どこか熱っぽくて……慈《いつく》しみだけではない、生々しい感情のようなものが流れ込んでくる。

「晴季。おまえがむしゃらに守ったことで、咲はもう救われたのだ。生命に関わる時期はもう過ぎた」

生命に関わることなら、王子も迷わず助けると。さっき、そう言っていた。

──おれ、間違ってなかった……？

心の中の呟《つぶや》きが、彼に聞こえるはずないのに……深く、頷いてくれる。そして彼の指先が、晴季の頬《ほお》に触《ふ》れた。

「よくがんばった、晴季。もう充分《じゅうぶん》だ。これからは、自分を人生の主人公にしてあげなさい」

その言葉が胸に落ちてきた瞬間《しゅんかん》、目の前がぶわっと揺《ゆ》らめいた。

水の膜《まく》が張る。王子の青い眸《ひとみ》が霞《かす》んで見えなくなる。そしてぼろぼろっと涙《なみだ》が零《こぼ》れ落ちた。

滝《たき》のように幾《いく》筋も。

「あ……」

口を開いた瞬間、こらえきれずに顔が歪《ゆが》む。子どもみたいにみっともなく。慌《あわ》てて両手で隠《かく》そうとしたら。

「晴季……！」

抱《だ》きしめられた。力強い腕《うで》に。包み込まれる感覚に、背筋が震《ふる》えた。

反射的に逃《に》げようとした。けれど離《はな》れようとした体はすかさず押さえられ、ますます密着させられてしまう。

厚い胸板《むないた》に頬が押しつけられ、涙が王子のシャツに染《し》み込む。汚《よご》してしまう、と抗ったが、後頭部を摑《つか》むように大きな手のひらが這《は》わされて、もっとくっつけと言わんばかりに髪《かみ》を掻《か》き交ぜられる。

王子の腕の中は温かくて、熱くて、ドキドキしすぎて苦しい。

——おれが、泣いたりしたから。

慰《なぐさ》めるためだということは分かっている。

けれどこんなにもどかしげに掻き抱《いだ》かれて、まるで情熱をぶつけるみたいな力強さで抱擁《ほうよう》されたら、……変な勘違《かんちが》いをしてしまいそうになる。

――何考えてんだよ、おれ……！

自意識過剰《かじょう》にもほどがある。

「……っ、ジェイ、も、大丈夫《だいじょうぶ》だから……放してくださ…」

「いやだ」

――え？

びっくりして、思わず顔を上げた。

彼の腕の中で、ほとんど視線だけで見上げる形になったが……視線が絡む。

彼はむっつりと、眉間《みけん》に皺《しわ》を寄せていた。

――今、「いやだ」って言った……？

まさかそんな、駄々《だだ》っ子ではあるまいし。

「いやだ。放したくない」

聞き間違いではなかったらしい。

「なっ……!?　子どもですか」

「子どもの頃《ころ》でさえ、このような独占欲《どくせんよく》に苛《さいな》まれたことはない」

「……え？」

まっすぐに見つめられる。そして晴季の髪に絡ませていた指を、彼は、するっと頬に移動させた。目尻《めじり》を拭《ぬぐ》われる。

――あっ、おれ、みっともない顔してた……！

思い出したら一気に恥《は》ずかしくなり、顔を伏《ふ》せようとした。けれどその寸前、頤《おとがい》を摑まれる。クイッと上向かされて、至近距離《きょり》で視線が絡んだ。

「……っ！　な、にを……？」

「私が今、何をしたいと思っているか、分かるか？」

分からない。

片腕で難なく拘束《こうそく》されて、頤を摑まれて、鼓動《こどう》が荒《あ》れ狂《くる》って……こんな、まるで、……ラブシーンみたいな……こんな状況はあまりにも理解の範疇《はんちゅう》を超《こ》えていて、その上でさらに王子の望みを察しろなんて、無理にもほどがある。

「……あ」

「分かったか？」

だから、分かるわけがない。ただ、したいことがあるのなら。

「う、……占《うらな》いましょう、か？」

『神秘の翠』を嵌《は》めたままの左手をそろりと持ち上げると、王子はクッと喉《のど》で笑い……そこから、不敵な笑《え》みを浮《う》かべた。

「私が知りたいのは、占いの結果ではなく、おまえの心だ」

「こ、ころ……？」

「晴季――くちづけるぞ」

頭が真っ白になる。王子の顔がぐんぐん近づいてきて……輪郭《りんかく》がぼやけた。そして、鼻先に……トン、と触れたのが彼の鼻だと気づいた瞬間、ぶわっと汗《あせ》が噴《ふ》き出した。

「っ、ちょっと待ったーっ！」

咄嗟《とっさ》に、手で唇《くちびる》をガードする。

「なっ、え？　えっ？　なんで？」

パニックに陥《おちい》り、彼の腕から逃《のが》れようともがく。けれどたくましい腕はびくともしない。それどころか壁《かべ》に追《つ》い詰められ、脚《あし》の間に膝《ひざ》を割り入れられる。身動き一つ取れなくなってしまった。完全なる拘束。

「おまえが愛《いと》しい」

まるで脅迫《きょうはく》でもするような迫力で、告げられた。

――い、い、いとし、い……？

「私は王太子だ。無責任なことはできない。胸の奥に生じたこの気持ちは勘違いだと、何度も打ち消そうとした。ただの行き過ぎた親愛の情だと、自分を誤魔化《ごまか》そうとした。だが……この腕に抱きしめた今、はっきりした。私はおまえを放したくない。他の誰《だれ》にも触れさせたくない。私が、おまえの一番でありたい。このままふたりで……ふたりだけで……」

声が甘く掠《かす》れた。情熱的に注がれる言葉の数々に、理解が追いつかない。

「これが恋《こい》でないのなら、私の人生に恋は存在しない」

混乱する晴季の耳に、きっぱりとした言葉が注ぎこまれた。

恋？　王子が？　誰に？　……自分に？

──まさか！

「なっ、なにを……!?　落ち着いて、」

「理性などクソくらえだ」

王子様らしからぬ乱暴な捨て科白《ぜりふ》とともに、唇が押しつけられた。晴季の手に。唇をガードしている手の甲《こう》に。

「……っ！」

火傷《やけど》するかと思った。唇で触れられただけなのに。

「晴季……」

甘い声に、胸を鷲摑《わしづか》みにされた。

頰が熱くなる。そしてなぜか、背筋が甘く痺《しび》れる。

ちゅ、ちゅ、と手の上を王子の唇が這う。ドキドキして、鼓動が乱れすぎて、どうすればいいか分からない。

吐息《といき》を漏《も》らした。それが思いがけず熱くて……手のひらに熱が籠《こ》もる。それは手の甲に感じた熱さと似ていた。まるでこの手を透過《とうか》して王子の唇に直接触れられてしまったみたいだなんて……。

「晴季……嫌《いや》なら拒《こば》んでくれ。私は、おまえにくちづけたい」

なおも晴季の手にキスを繰《く》り返しながら、掠れた声で訴《うった》える王子に、カーッと熱くなった体が反射的に動いてしまう。

片手で押し返した、その瞬間。

「っ⁉」

雷《かみなり》に打たれたような衝撃《しょうげき》が全身を駆《か》け抜《ぬ》けた。

見開いた目に、写真のように切り取られた一瞬がくっきりと飛び込んでくる。

情熱的なまなざしを向けてくる王子。彼を押し返そうとする自分の左手。その薬指に嵌まった『神秘の翠』が——彼の唇に押しつけられている。

「……あ……っ」

瞼《まぶた》の裏に純白の光景が広がる。目を開けているのに、その光景は見えた。圧倒《あっとう》的な明るさ、輝《かがや》かしさ。

それは初めてこの人を占ったあの時と同じ光景で、けれど様子が違《ちが》っていた。

——やっと会えた。

そう思った。懐《なつ》かしくて、愛しくて、せつない想《おも》いが胸いっぱいに膨《ふく》らみ、張り裂《さ》けそうなほど心が揺《ゆ》さぶられる。

「殿下《でんか》」

『是《ぜ》』と。あの時、勝手に晴季の口から飛び出した占いのように、今また言葉が転がり落ちる。

そしてそうすることが当然のように、両手を伸《の》ばして抱き付いていた。

「晴季！」

「……んっ」

唇を塞《ふさ》がれた。

その瞬間《しゅんかん》、全身がとろけそうになる。

——なんで、キス……。

受け入れてしまったことに対する戸惑《とまど》いは、眩暈《めまい》がしそうなほどの甘さに一瞬にして溶《と》かされてしまった。

嬉《うれ》しいとさえ感じる。

まるで自分も……この人に、恋しているみたいに。

——恋？

ギクッと身が竦《すく》んだ。

違う、そんなわけがないと、そう思うのに……触《ふ》れ合っている唇が甘い。

濡《ぬ》れた、熱いものが強引《ごういん》に口の中に押し入ってきて、自分のものではないにおいを口腔《こうこう》で感じる。こんな経験は初めてで、本能的に怯《おび》えた。それなのにこの唇から逃れたいと思えない。

頬《ほお》に手のひらが添《そ》えられた。しっとりとした大きな手のひらが、頬を、耳朶《じだ》を、もどかしげに撫《な》でる。耳の後ろを指で執拗《しつよう》にくすぐられ、ゾクゾクした。

「はぁ…んっ」

鼻にかかった、いやらしい響《ひび》き。それが自分の唇から飛び出したことに、すぐには気づけなかった。

「晴季……！」

気づいて頬を染めたと同時に、唇に食《く》らいつかれ、舌を搦《から》め捕《と》られる。そして吸われる。ゾクッと、背筋から何かが這《は》い上がってくる。

――なに、これ……？

初めての感覚に、晴季は恐《おそ》れる。

「や、やめ……ぁっ」

足がガクガクして、立っていられなくなる。

脚の間に割り入れられた王子の膝に、座り込むような形になってしまう。起き上がろうともがいたら、彼に抱《だ》き付いていた腕《うで》に力が入って……むしろ引き寄せてしまった。

王子が覆《おお》いかぶさってくる。くちづけがさらに情熱的になる。

「晴季――おまえが欲しい」

くちづけの合間に、王子が囁《ささや》いた時だった。

バチッ、と電流が流れたような痛みが左手に走る。

王子も首を竦めた。晴季は弾《はじ》かれたように左手を彼から離《はな》し……その時、指に何かが絡《から》んだ。するり、と細いチェーンが王子の襟《えり》から引っ張り出される様が、まるでスローモーションのように晴季には見えた。

ネックレスだ。すぐにそう認識《にんしき》した。それは別に特別なことではないけれど……その先。勢いよく姿を現したペンダントトップが――翡翠《ひすい》の指輪であることを一瞬で理解したのは、それがあまりにも見慣れた形をしていたから。

──『神秘の翠』⁉

「あっ……⁉」

晴季の視線を追ってそれを見た王子の表情が、マズいものを見つけたように強張《こわば》った。

「それ……んっ！」

唇を奪《うば》われる。問いかける言葉ごと。

──なんで⁉ 今の絶対、『神秘の翠』と同じだった……！

一瞬だったが、目に焼き付いている。

『神秘の翠』と同じ形状、そして模様まで酷似《こくじ》しているように感じた。

「んーっ、んーっ」

放して、ともがく。背中を叩《たた》いて、身を捩《よじ》ろうとして……けれど王子のくちづけは甘すぎた。

深く舌を差し込まれ、口腔を貪《むさぼ》られているうちに、頭に霞《かすみ》がかかったみたいになって力が抜けてしまう。

舌を搦めて強く吸われたら、もう駄目《だめ》だった。

立っていることさえやっとで、王子に縋《すが》りついてしまう。

息も絶え絶えになった頃《ころ》、くったりと力ない体を強く抱《だ》きしめられた。

そしてそのまま抱き上げられ、椅子《いす》に運ばれる。

「晴季……少し時間をくれ」

——え？

椅子に座らされて、覆いかぶさってきた王子に、ちゅっ、ちゅっ、とキスの雨を降らされながら、必死に彼の言葉を聞こうとする。

「このままここにいたら暴走しそうだ。さすがにそれはまずいだろう？　名残惜《なごりお》しいが……一旦《いったん》、離れよう」

と言ったくせに、また唇《くちびる》を合わせてくるのはどういうことか。

舌を搦めて吸われ、「ん、ん…」と甘い声を漏らしてしまった。吸われすぎた舌と唇が、ぴりぴりと痺れたみたいになっている。

「二十分後に迎《むか》えにくる。この後、ふたりで出掛《でか》けよう。身支度《みじたく》を整えておいてくれ」

最後にもう一度キスを落としてから、王子は部屋を出ていった。

王子がいなくなった途端《とたん》、部屋はシンと静まり返る。

——今の……なんだった……？

呆然《ぼうぜん》と、唇を指でなぞる。濡れていた。そしてやけに腫《は》れぼったくて……カッと頬が熱くなる。

——おっ、おれ、何やってたんだ⁉

勢いよく立ち上がると、その場にへにゃっと座り込んでしまった。足に力が入らない。これもキスのせいなのか。恥《は》ずかしくてたまらなくて、とにかくこの事態をどうにかしようと、這うように隣《となり》のバスルームまで移動する。

けれど鏡の中の自分を見た瞬間、「うわっ」と声を上げてまたしても座り込んでしまった。上気した頬、潤《うる》んだ瞳《ひとみ》……涙《なみだ》の跡《あと》はみすぼらしく、唇はてらてらと濡れて真っ赤になっていた。まるで発熱して寝込《ねこ》んでいたみたいだ。

──こんなみっともない顔を、あの人に晒《さら》してたのか⁉

泣きたくなった。慌《あわ》ててバシャバシャと顔を洗う。記憶《きおく》から消してほしい。

──こんな顔にキスするの、気持ち悪くなかったのかな。……キッ、キス……っ⁉

そうだ。キスされたのだった。混乱していて何がなんだか分からなくなっている。激しい鼓《こ》動《どう》が鳴りやまない。

「あ。『神秘の翠』」

左手の翡翠の指輪にハッとした。嵌《は》めたまま顔を洗ってしまうなんて、なんということを。

慌てて指輪を拭《ふ》く。そしてまじまじと見つめた。

「……あれ、絶対、同じ物だったよな……？」

王子の襟元《えりもと》から転がり落ちてきたペンダントトップ。

なぜ同じ物が存在するのだろう。

同じ物──。

「……ちょっと待てよ。同じ物があるなら、なんで『神秘の翠』まで必要なんだ……？」

王子が『神秘の翠』を求めてはるばる日本までやってきたのは、「王家の謎《なぞ》を、『神秘の翠』が解き明かしてくれるかもしれない」からだと言っていた。

王家の謎がなんなのかは考えて答えがでることではないため横に置いておくとして。謎を解くために必要なのは『神秘の翠』の力」だと、王子は考えているようだった。それは確かだ。

だから彼は言ったのだ。晴季の前に跪《ひざまず》き、「あなたの力が必要」だと。けれど「力」とは「占《うらな》い」を指しているわけではないようだと、もうなんとなく分かっている。

だとすれば、彼が持っていた「同じ指輪」で、目的を果たすことはできなかったのだろうか。彼が必要としている「『神秘の翠』の力」とは、一体なんなのか——そこまで考えた時、ハッと閃《ひらめ》くものがあった。

まったく同じに見えて、違《ちが》うもの。ふたつのうち片方にだけ、特別な力があったもの。晴季はそれを知っている。

「翡翠《ひすい》の十字架《じゅうじか》……！」

そうだ。ここに来てすぐに見せてもらった、あのオリジナルと模倣《もほう》品の十字架。ヤーデルブルク産のオリジナルにだけ、翡翠うさぎが反応していた。

まさか、それと同じこと？

「……もしかして『神秘の翠』が、王子のあの指輪のオリジナル……!?」

そう仮定すると、まったく要領を得なかったこの事態が、まるで絡《から》まっていた糸が解《ほど》けるように頭の中でするすると整理されていくのが分かった。

遠路はるばる日本までやって来たのは、明確に「この指輪」を捜《さが》していたから。彼自身が持つ指輪のオリジナルを。そういえば王子は初めから、『神秘の翠』がヤーデルブルク産ではないかと考えている節があった。

「力」が必要と言いつつ、王国に来て一週間が経《た》っても具体的に何をすればいいのか教えてもらえずにいるのは、そもそも晴季にできることなどなかったから。

王子が必要としていたのは「力」ではなく、「指輪」そのもの。つまり——。

「——ジェイは、この指輪を狙《ねら》ってる……?」

心臓がいやな感じに、ドクッと跳《は》ねる。

それは一番初め、初対面のあの時にもチラリと頭を過《よぎ》った懸念《けねん》だった。

けれどその危険性に目を背《そむ》けてしまったのは、単純にヤーデルブルク産だというだけで取り上げられるなんて発想は極端《きょくたん》だと思ったことと、ひとりで占えるようになるかもしれないという希望に縋《すが》りついてしまったからだ。

ともに過ごすようになって、彼の人となりを知ってからは、そんな懸念を抱《いだ》いたことさえ忘れていた。

立派な人だと思ったから。

王太子であることに誇《ほこ》りを持ち、国民に「与《あた》える」ことが当然であると考えていて、誠実で、慈悲《じひ》深くて……あんなにも誰《だれ》からも愛される人を、晴季は他《ほか》に知らない。

垣間《かいま》見《み》えた素《す》の彼も、決して人を騙《だま》したりするような人ではないと断言できる。……断言したい。……それなのに、彼の持っていた「同じ指輪」の存在が晴季を揺《ゆ》さぶる。

――いや、違う。

混乱の原因は、「同じ指輪」だけではなかった。

彼から与えられた突然《とつぜん》のキスが、王子への信頼《しんらい》感を揺るがしていることに、晴季は気づく。

思い出した途端、唇に感触《かんしょく》が甦《よみがえ》った。胸の奥が熱くなり、全身に熱が広がっていく。それはとてつもない羞恥心《しゅうちしん》だった。

「だって……恋《こい》、なんて」

王子が自分に恋なんて、信じられない。

誇れるようなものは何も持っていなくて、容姿も平凡《へいぼん》で、彼のように誰かを幸せにすることも、家族以外の誰かに愛されることもない、普通《ふつう》の、あまりにも普通の、ただの人間。

そんな自分のどこに、王子に好かれる要素があるというのか。

しかもよく考えたら、男同士ではないか。

王子がもともとゲイだというなら話は別だが、そのような素振《そぶ》りはまったくなかった。

晴季自身も、交際経験はまったくないけれど、ほんのりと恋心を抱く相手はいつも女の子だった。男が恋愛《れんあい》対象になる可能性を考えてみたこともない。

ただ――王子とのキスに、嫌悪感《けんおかん》のようなものは微塵《みじん》もなかった。むしろ……。

「……っ、わーっ」

ドキドキと鼓動が乱れる。思い出しただけなのに、舌に感じた甘さが甦ってきて、恥ずかしくてたまらない。

なんなのだろう、これは。

——……恋？

「まさか！」

心の呟《つぶや》きを、即座《そくざ》に否定する。

違う、そんなわけがない、と必死にかぶりを振って。

そうでもしなければ、せっかく解《ほぐ》れかけた糸がまた絡まってしまいそうな気がした。

冷静にならなければ。

「恋じゃない。これは、恋じゃない。……あの人も、恋じゃないと仮定したら……罠《わな》？」

自分の言葉に、ズキッと胸が痛んだ。

罠という言い方は露悪《ろあく》的すぎたかもしれない。やんわりと表現するなら、トラップか。

たとえば王子が恋をしていると囁《ささや》いて、晴季を信じ込ませたとして……その先の可能性はいくつか考えられる。

晴季を意のままに操《あやつ》るようにするためとか、晴季の方から『神秘の翠』を差し出させるようにするためとか。

あとは……これはあまり考えたくないが、隙《すき》を見てオリジナルと模倣品を掏《す》り替《か》えるため、とか。だがそう考えたら、彼もネックレスにして持ち歩いていたことの説明にもなる。

胸の辺りがもやっとした。唇に残っていた彼の熱が、急に消えていく。

考えれば考えるほど、王子を信じられなくなっていく。

それなのになぜか、彼自身への不快感や嫌悪のようなものはひとかけらも湧《わ》いてこなかった。むしろ清涼《せいりょう》な風が流れ込んできて、抱いたばかりの疑念をさらさらと撫《な》でていくような気がする。撫でられるたびに浄化《じょうか》されていくような、不思議な心地《ここち》。それは圧倒《あっとう》的な『是《ぜ》』の光景を見た時の気持ちと少し似ている。

頭の中では辻褄《つじつま》が合っていくのに、なぜか心が緩《ゆる》やかに抵抗《ていこう》する。

こんな感覚は初めてで、晴季は困惑《こんわく》した。

「……まさか、あなたのせいですか？」

『神秘の翠』に問いかける。

答えはない。答えは自分で、見つけなければならない。

「──試《ため》してみよう」

きっぱりと顔を上げた。

そして手早く身繕《みづくろ》いをして、部屋を飛び出した。

＊　＊　＊

様々な仮説の大本は、『神秘の翠』がヤーデルブルク産である、というところから始まっている。

ならばまずそこを確かめなければ。

あまり手入れがされているとは思えない中庭を、慎重《しんちょう》に草を踏《ふ》み分けて進んでいく。王子が十字架で翡翠《ひすい》うさぎを集めてみせてくれたあの場所だ。

この一週間で見た範囲《はんい》だが、他の中庭はすべて美しく整備されていた。もしかするとここは、彼らのためにあえて手を加えていないのかもしれない。

うさぎがどこに潜《ひそ》んでいるか分からないため、驚《おどろ》かせたり傷つけたりしないように、気をつけて進んだ。

――これくらい来たら大丈夫《だいじょうぶ》かな？

足を止め、周囲に人気《ひとけ》がないことを確かめる。庭を取り囲んでいる建物からの視線がないことも確認《かくにん》し、意を決して『神秘の翠』を出した。

革紐《かわひも》に通したままの状態で、手のひらに載《の》せる。

――これで翡翠うさぎたちが集まってきたら……推理を一歩進められる。

進めてしまうとも考えてしまい、必死に打ち消した。

事実から目を背けてはいけない。何も分からないまま時間だけが過ぎていくのはもうたくさんだ。

――来るかな……？

緊張《きんちょう》で鼓動《こどう》が速まる。

一度だけ、『神秘の翠』に翡翠うさぎが反応したことがあるが、あの時は蝶《ちょう》ネクタイ模様のうっさー伯爵《はくしやく》一羽《わ》だけだった。

朝の稽古《けいこ》の後だ。もともと稽古に使われている場所に翡翠うさぎはあまりいないらしく、うっさー伯爵以外に見たことがない。

そしてうっさー伯爵は王子と知り合いだったり、調査隊のひとりに懐《なつ》いていると言うから、例外として考えていいのではないか……そんな希望を抱いた時だった。

カサッ。視界の端《はし》で何かが動いた。

──翡翠うさぎ!?

振り返る。ぴょーんと白いもふもふがジャンプした。

背筋がザワッとした。可愛《かわい》いのに、怖《こわ》い。次々とこちらに向かってくるもふもふを想像して、晴季は一歩、後ずさった……が、向かってこない。次々どころか、姿を現したのは一羽だけ。しかも同じ場所でジャンプし続けている。どう見てもこちらに反応しているようには思えない。

──もしかして『神秘の翠』はヤーデルブルク産じゃない!?

なんということだ。あの悲壮《ひそう》な決意はなんだったのか。

拍子抜《ひようしぬ》けしてへなへなと座り込みそうになったが……うさぎがジャンプしている場所に、違《い》和感《わかん》を覚えた。

目を凝《こ》らす。草陰《くさかげ》に何かがある。盛り上がった土かと思ったが……違《ちが》う。人だ!

──誰か倒《たお》れてる!?

「どうしました!?」

慌《あわ》てて駆《か》け寄った。しかしその途端、うずくまっていた人影《ひとかげ》がぐりっと顔だけをこちらに向けて。

「静かに」

ピシッと言い放った。日本語で一言だけ。

「っ！」

硬直《こうちょく》する。あの男性だった。おそらくうっさー伯爵の「ご主人様」。

そう気づいてよく見ると、彼の背中の上でぴょこぴょこ跳《は》ねているうさぎの胸元《むなもと》には黒い模様があった。

うっさー伯爵だ。

晴季の視線を感じたせいか、背中に着地してこちらを見上げてきた。つぶらな瞳《ひとみ》、ヒクヒク動く愛らしい鼻。胸元の蝶ネクタイ模様のせいで、きゅるんとしているのに威厳《いげん》がうかがえる。可愛さとかっこよさが同居しているなんて、さすが国宝、翡翠うさぎ。

――なんだー。じゃれてただけか。

真相が分かり、苦笑いが漏《も》れる。

それにしても、彼は一体何をしているのだろう。

晴季に一言発した後はすぐに元の姿勢に戻《もど》り、何かを熱心に覗《のぞ》いているようだった。

草の根元のこんもりとした土にある……穴？

そろりと上から覗き込もうとしたら、再び顔だけぐりっとこちらを向いた。

邪魔《じゃま》をするなと叱《しか》られたのかと、後ずさりそうになった。ところがチョイチョイと手招かれる。

彼はずりずりと移動して、晴季に場所を譲《ゆず》ってくれる。ゆっくりと膝《ひざ》をつき、覗き込んだ。

——え？　おいでって？

そこにあったものは。

——翡翠うさぎの巣穴⁉

チラリと見える穴の中に、もふもふとした白い毛並みがうごめいていた。

——うさぎーっ！

テンションが上がる。さっきまで求めつつも恐《おそ》れていた存在だというのに、実際に目の前に現れてくれると可愛さに対するときめきの方が先に立った。

そんな晴季の目の前を、ぴょ、ぴょ、ぴょーんとうっさー伯爵が横切り、手の甲《こう》に止まる。

まるで自分の方を「愛《め》でよ！」と言っているみたいだ。

——可愛すぎるーっ。

うっさー伯爵の「ご主人様」をチラリと見ると、手帳に何かを書きつけている。

晴季の視線を感じたのか、彼は手を止めると、ごそごそとポケットを探《さぐ》ってカードを出してきた。顔写真入りの身分証明書のようだ。

——GRU……グラディウス、って読むのかな？

氏名欄《らん》を見ていると、カードの一番上にある模様の部分を彼が指さした。

『翡翠うさぎ生態調査員』と書かれています」

説明してくれた声は、潜《ひそ》めているせいかぼそぼそと怒《おこ》っているように聞こえた。少し怖いが、似たタイプの人は顧客《こきやく》にもいる。無愛想《ぶあいそう》なだけで、話してみれば優《やさ》しい人たちばかりだ。きっと彼もそうに違いないと思った。

「調査員って……ん？　これって、文字なんですか？」

資格について尋《たず》ねかけて、途中《とちゆう》で違うことが気にかかる。

彼が示したカードの模様。そこに「書かれて」いると彼は言った。

——なんかこれ、『神秘の翠』に刻まれてる模様と似てないか……？

「古代ヤーデルブルク文字です」

「え？」

思わず、指輪を握《にぎ》り込んでいた手を開いた。

その瞬間《しゆんかん》、うっさー伯爵がぴょーんと跳《と》びついてくる。それに驚く隙《すき》もなく、ぶわっと白いものが次々に視界を横切った。

「わっ⁉　えっ、何⁉　うさぎ⁉」

穴の中から弾丸《だんがん》のように、ぽこぽこぽこぽこうさぎが飛び出してくるのだ。晴季の手はすぐにもふもふまみれになり、うさぎたちの勢いに押されて転びそうになってしまう。

うさぎを下敷《したじ》きにしたら大変だと、なんとかバランスを保とうとしていたら、グイッと腕《うで》を摑《つか》まれた。「ご主人様」に。

「あ、ありがとうござ……」

「これをどこで手に入れた？」

厳しい口調に、ギクッとした。

一瞬前まで朴訥《ぼくとつ》とした空気を孕《はら》んでいた男性が、突然《とつぜん》、鋭《するど》い眼光を突《つ》きつけてくる。雰囲気《ふんいき》が一変していた。爪《つめ》を隠《かく》していた鷹《たか》が、一気に襲《おそ》い掛《か》かってきたような恐怖《きょうふ》を感じる。

手のひらに集まっていたうさぎたちも何かを察したのか、一斉《いっせい》に逃《に》げ出す。

手首を掴まれた。咄嗟《とっさ》に指輪を握って隠そうとすると、すかさず手のひらの一点を押さえられる。たったそれだけで、指がまったく動かなくなった。

痛みはないのに、ぶわっと汗《あせ》が噴《ふ》き出してくる。

「なっ、んで……っ⁉」

『神秘の翠』が手のひらから落ちてしまう――その寸前で、ぴょーんと跳び乗ってきた一羽のうさぎが指輪をそこに留《とど》めてくれた。

もっふーと輪の中に入ろうともがく、蝶ネクタイ姿。

――うっさー伯爵！

「サーリエ、――」

彼がうっさー伯爵に話しかけた。ヤーデルブルク語らしく晴季は理解できないが、うっさー伯爵はぴるぴるっとミミを動かす。

それを確認《かくにん》してから、彼は晴季に目を向けた。あの鋭い眼光を。

「きみは、彼の──ヴォルグルフ王太子の客人だろう。なぜこんな卑劣《ひれつ》なことをするのだ？」

──卑劣？

その言葉に、彼が何か誤解している可能性に思い至る。

「ちょっと待ってください。話を…」

「今すぐ返してきなさい。彼が気づかないうちに！」

──え？　……あ！　もしかしてこれが、ジェイの指輪だと思ってる⁉

この人は王子が「同じ指輪」を持っていることを知っているのだ。そして晴季が、彼から盗《と》ったと誤解しているらしい。

「ちがっ…」

「そして早々にこの国を立ち去れ！　彼を失望させたら──このグラディウスが赦《ゆる》さぬ」

怒《いか》りに燃えた鋭い目。ギリッと手首を捻《ねじ》りあげられる。痛みが走り、涙《なみだ》が滲《にじ》んだ。脅《おど》しではなく、本気で屠《ほふ》られそうな恐怖を覚えた。

けれど晴季は、この人は信じられると感じた。

これほどまでに怒っている内容が、王子を想《おも》ってのことだと伝わってきたから。

「っこれは、我が家に伝わる家宝です！　三百年前からずっと日本にありました！　嘘《うそ》だと思うならジェイに聞いてください！」

怖《こわ》さを振《ふ》り払《はら》うべく怒鳴《どな》ったら、僅《わず》かに彼の手の力が緩《ゆる》んだ。

「……ジェイに？」

眉間《みけん》に皺《しわ》を寄せ、怪訝《けげん》そうに口にする。

「あ、ヴォルグルフ殿下《でんか》です。すみません」

不敬だと責められているのかと、慌てて言い直したが。

「ジェイと呼んでいるのか、彼を？」

「あ、はい」

「彼が、そう呼ぶように言ったのか？」

「……はい、そうですけど」

そう答えたら、少し困惑《こんわく》したように晴季の手を解放した。指輪を押さえ込むようにして手のひらに乗っかっているうっさー伯爵《はくしゃく》が、ひょこっと顔を上げる。ひくひくっと鼻を動かして、また輪の中に顔を埋《うず》めた。

「手荒《てあら》な真似《まね》をしてすまなかった。なぜきみがこの指輪を持っているか、詳《くわ》しく話を聞かせてくれないだろうか」

態度は軟化《なんか》したものの、言い逃《のが》れは許さないとでも言いたげな眼光は健在だ。

――もしかしてこの人、ジェイとすごく親しいのか……？

なんとなくそんなふうに思った。これまで見てきた国民や城で働いている人たちと、王子に対する距離《きょり》感《かん》が違《ちが》うように感じたからかもしれない。

王子の姿を見て喜ぶとか、労《ねぎら》いの声をかけてもらって感激するとか、そういった姿は想像できない。どちらかというと、陰《かげ》で王子を支えたり、守ったりするような雰囲気を感じた。

――そういえば、翡翠《ひすい》うさぎ調査員はスパイの如《ごと》く国中を暗躍《あんやく》してるとか言ってたよな。

まさか本当に隠密《おんみつ》行動を取っているのだろうか。

それならば、彼を見かけた時に王子が素っ気ないと感じた理由にもなる。隠密だからこそ、表では接触《せっしょく》を避《さ》けるのだ。……というシーンを映画で見たことがあるのだが、真相はいかに。

「……お話しするかどうかは、失礼ですが、あなたと……ジェイの関係を教えていただいてから決めてもいいですか？」

あえて愛称《あいしょう》を使ってみる。自分は王子に害を為《な》す存在ではないと、彼にも信用してほしくて。

彼――グラディウスはしばしの沈黙《ちんもく》の後、重々しく口を開いた。

「差し出がましいことを申しました。私はしがない『翡翠うさぎ生態調査員』です。尊き王太子殿下と、なんの関係がございましょう」

――え⁉　そこで引いちゃうの⁉

予想外の展開に、晴季は慌《あわ》てる。

「あのっ、責めたわけじゃないですよ⁉」

「承知しております。王太子殿下のお客人に無礼を働いた咎《とが》は、調査隊の所属部署長に申告《しんこく》の上…」

「わーっ、やめてください、そういうの！　さっきは驚《おどろ》いたけど、おれは、あなたの行動がジェイを想ってのことだと感じました。だから処罰《しょばつ》を受けようとか考えないでください。絶対ですよ！」

「……しかし」

真面目《まじめ》な人なのかもしれない。

「約束してくれないと、おれは今あったことを全部ジェイに話して、彼が誤魔化《ごまか》そうとした『この指輪にそっくりな指輪』の存在の説明をしてくれと迫《せま》るしかありません」

「……誤魔化した？」

「そうです」

正確には「時間をくれ」と言われたのだが、行動で誤魔化したのは事実だ。

「おれが一番知りたいことです。なぜジェイが、『同じ指輪』を持っているのか」

グラディウスは黙《だま》ってしまった。

聞くなら今しかない、と密《ひそ》かに生唾《なまつば》を飲み込む。

「そして、なぜ……この指輪と彼の指輪を、掏《す》り替《か》えようとしたのか」

そう口にした途端《とたん》、グラディウスは失笑《しっしょう》した。

「ありえぬ」

——やった！　引っかかってくれた！

「どうしてですか」

「あの指輪はジェ……、——してやられたか。私としたことが」

「え？」

グラディウスは瞬時《しゅんじ》に無表情になる。

「私は何も存じ上げません。一介《いっかい》の『翡翠うさぎ生態調査員』ですから」

――あー、バレちゃったのか……。

残念だが、一瞬でも引っかかってくれたことが奇跡《きせき》だったのかもしれない。

――でも、掏り替えることは「ありえない」んだ。

しかも失笑するくらい。

「同じ指輪」の存在を知っているらしいこの人の口からそれを聞けただけでも、晴季にとっては大きな収穫《しゅうかく》だった。

「客人よ。もう行かれた方がいいでしょう。もしも誰《だれ》かに、私と何を話していたのか聞かれたら、翡翠うさぎを見せてもらったとだけお答えください。――サーリエ」

最後の言葉は、晴季の手のひらでいまだ指輪を独占《どくせん》しているうっさー伯爵に向けられていた。

「もしかして、サーリエってこの子の名前ですか？」

「翡翠うさぎは国の宝です。決まった名前はありません」

「ええと……じゃあ、グラディウスさんは、この子をサーリエという愛称で呼んでいるだけ、と？」

「そういうことになりますな」

真面目な上に堅物《かたぶつ》らしい。

――じゃあ、おれは「うっさー伯爵」のままでいいか。

王子も、人によって違う名前をつけていると言っていたのだし。

うっさー伯爵に、こちらへおいでと促《うなが》すグラディウスの手には、翡翠のブローチが載《の》ってい
た。ひょこっと顔を上げたうっさー伯爵は、下敷《したじ》きにしている『神秘の翠』と翡翠のブローチ
を何度か見比べるようにきょろきょろした後、ぴょーんとグラディウスの手に跳《と》び移った。
——うう……さよなら、もふもふ。
「お客人よ。無理を承知で頼《たの》みたい。その指輪、一目見せてはもらえぬだろうか？」
いつもなら断っている。これは家宝だからと。けれど彼が単なる好奇心《こうきしん》で頼んでいるわけで
はないと、晴季には分かる。
——あ、そうだ。どうせなら……。
「分かりました。翡翠うさぎがそんなにも懐《なつ》いているあなたを信用して、ご覧にいれます。た
だ、本当に大事なものなので……ヴォルグルフ殿下に忠誠を誓《ちか》うと、心からおっしゃってくだ
さい」
うむ、と大仰《おおぎょう》に頷《うなず》いたグラディウスは、大きく息を吸い、一息に吐《は》き出した。
「ヴォルグルフ殿下に、忠誠を誓います」
——今だ！
『神秘の翠』をグラディウスの手に押しつける。
パシッと脳裏《のうり》が明るくなった。『是《ぜ》』だ。間違《まちが》いない。けれどそれは次の瞬間《しゅんかん》、横から波に
攫《さら》われるように迫ってきた闇《やみ》に塗《ぬ》り込められる。底なしの恐怖《きょうふ》を感じて背筋が凍《こお》った。しかし
また次の瞬間、カーテンを勢いよく開けたみたいに眩《まばゆ》い明るさに包まれた。

——なんだこれ？　こんな現象、初めてだ……。

「何か？」

怪訝そうに声をかけられて、顔を凝視《ぎょうし》していたことに気づく。目は開けているのに見えていなかった。

「っ、いえ。どうぞご覧ください」

手を引っ込めても、まだ瞼《まぶた》の裏で明滅《めいめつ》しているような気がした。

——どういうことだ？『是』と『非』があんなふうに繰《く》り返し入れ替わるなんて……この人にとって、ジェイに忠誠を誓うというのは……そんなに複雑なことなのか？

意味が分からなかった。彼が王子を想っていると感じたのは、間違いだったのだろうか。

「ああ……これは。……きみの言う通りでした。これは王太子殿下《でんか》のものではない。大変失礼した」

『神秘の翠』を検分しながらそんなことを言いだしたグラディウスに、晴季は目を瞠《みは》る。

「えっ、どうして分かるんですか⁉」

「——いずれ時が来れば、王太子殿下からお言葉があるはずです。それまで不用意に人の目に触《ふ》れさせないことをお勧《すす》めしたい」

丁寧《ていねい》な手つきで、指輪を返してくれる。

晴季の手に戻《もど》って来た『神秘の翠』。うっさー伯爵《はくしゃく》がそれにくっついて、ぴょんとまたこちらに来た。もふっと輪の中に頭を突《つ》っ込む。

「……この指輪は、ヤーデルブルク産の翡翠《ひすい》でできてるんですよね？」

「そのようですな」

さらりと肯定《こうてい》される。

やはりそうなのか、と衝撃《しょうげき》を受けながらも、ひとりで立てた仮説のうち最悪の「掏り替える」が否定されたことで、晴季もすんなりと受け入れることができた。

「さっき寄ってきてた他《ほか》の子たちは、どうして戻って来ないんですか？」

「私が驚かせたからでしょう。翡翠うさぎは繊細《せんさい》で、賢《かしこ》い。今日はもう、きみの指輪には寄ってこないと思います。申し訳ない」

「あ、いえ。……この子に癒《いや》されてるので、気にしないでください」

どうやら彼には、『神秘の翠』の産地を確かめる実験をしに来たとは気づかれていないようだ。おそらく翡翠うさぎと戯《たわむ》れに来た程度だと思われているのだろう。その方がありがたい。

「さあ、もうお行きください。私といるところは、あまり人に見られない方がいい」

「……そうなんですか？」

「一介の『翡翠うさぎ生態調査員』が、王太子殿下の客人に接触《せっしょく》するなど、一昔前であれば手《て》討《う》ちです」

詳《くわ》しく教えてくれる気はないらしい。

これ以上は無理だと、晴季は判断した。

「分かりました。……最後に一つだけ。どうしてグラディウスさんは、そんなに日本語が流《りゅう》暢《ちょう》なんですか？」

またはぐらかされるだろうか。そう思いつつも尋《たず》ねたら。

「………昔、三人の少年に剣術《けんじゅつ》を教えておりました。彼らはいつも、いたずらの相談を日本語でしていた。聞いているうちに、覚えました」

たっぷり間を置いて、ぼそぼそと彼は言った。

──三人って……！

王子と、リヒトと、悠大。兄弟のように育ったという彼ら以外に、考えられなかった。

「あ……」

「失礼いたします」

グラディウスは深々と頭を下げると、さっき覗《のぞ》いていた巣穴から翡翠を取り出し、背を向けた。

うっさー伯爵が晴季の手から、ぴょーんと彼の肩《かた》に跳び移る。

晴季はしばらくその背を見送った。

──そっか……剣術の師匠《ししょう》だったんだ……。

そうなると尚《なお》さら、王子が彼を見かけた際の素っ気ない態度が意味深に思える。そして占《うらな》いの結果も気にかかった。彼らの間に、一体何があったのだろう。

──グラディウスさん、ジェイとリヒトさんが毎朝稽古《けいこ》してること知ってるのかな……？

知っていてくれたらいいな、となんとなく思った。

いろんなことがありすぎて、溜《た》め息が零《こぼ》れる。

けれどこの中庭に来てよかったと思う。

頭の中で考えているだけでは分からないことがあった。知っている情報だけで答えを出そうとするのが、そもそもの間違いだったのだ。

──まだ、全然足りない。ジェイとも、もっとちゃんと話をしないと。

色仕掛《いろじか》けには屈《くっ》しないぞ、と決意して、『神秘の翠』はネックレスに戻して中庭を歩く。

気づけば、自室を飛び出してからかなりの時間が過ぎている。咲の部屋から逃《に》げ出した時のことを考えると、さらに。

お腹《なか》がクゥッと情けない音を立てて、空腹を思い出した。早く食堂に行かなければ。咲もお腹を空《す》かせているはずだ。

できれば王子とは鉢合《はちあ》わせしたくないが、彼は今どこにいるのだろう。部屋に晴季がいなければ、食堂に向かってしまっただろうか。

急いで中庭を出たところで、ひとりの男性とバッタリ出会った。なぜか立ち止まり、こちらをじっと見ていた。

高級そうなスーツ姿であるところを見ると、城で働いている人ではないのだろう。ぴっちりと撫《な》でつけた白髪《はくはつ》や、ピカピカに磨《みが》かれた革靴《かわぐつ》、そして袖《そで》から覗くごってりとした腕時計《うでどけい》といういくつかのアイテムで、そこそこの規模の会社の成金社長か、三代目の代議士あたりかなと目星をつける。顧客《こきゃく》を見ているうちに、それくらいなら推測できるようになった。

あまり関《かか》わりたくないタイプかもしれない。晴季は「こんにちは」と日本語で挨拶《あいさつ》して通り過ぎた。ところが。

「アナタ、危険」

突然《とつぜん》、彼が言った。カタコトの日本語で。

「え、と……？」

振《ふ》り返ると、彼は小走りに近づいてきた。その動きと顔立ちから、なんとなくネズミに似ているな、と少し失礼な印象を抱《いだ》く。

「あの男、ウラリリ……ウラ……」

何を言いたいのだろう。相手にしない方がいいのかもしれない。

曖昧《あいまい》に首を傾《かし》げて去ろうとしたら。

「うらぎりもの！」

叫《さけ》ばれて、うっかり立ち止まってしまった。さすがに聞き捨てならない。

「どういう意味ですか？」

「あの男、うらぎりもの。アナタ、危険。ワタシ、パークス」

言葉が通じたと思ったのか、興奮気味に中庭を指さして言う男に、晴季は眉根《まゆね》を寄せた。

どうやらグラディウスのことを裏切り者だと忠告したいらしい。

どう見てもこの男の方が怪《あや》しいのだが。

「ワタシ、パークス。エライ、せーじか」

——あ、やっぱり代議士か。

ヤーデルブルク王国は独特の政治体制を取っていて、国王に絶対の権限があるが、民主的な議会も併存《へいぞん》している。

「ワタシ、パークス。アナタの、味方」

怪しいにもほどがある。適当に切り上げたい。

「パークスさんですか。日本語、お上手ですね」

「学ブ、トウゼン。殿下、ニホン、スキ。ナゼナラ、最初ノ、王様、ロマンス。ニホンの、オナノヒト。殿下、ユビワ、オクルたい」

——え？　今、指輪って言った？

「パークス、ノ家、ダイダイ、ダイダイ……知ッテル。あの男、グン……あー……グン、シ？あー……」

言いあぐねたそこから先、いきなりヤーデルブルク語でまくしたてられた。

顔を真っ赤にして喚《わめ》き散らされるが、まったく理解できない。聞く必要もないと思う。

「あの！　もう行かないといけないので、失礼します」

強引《ごういん》にその場を離《はな》れると、しばらく「ワタシ、味方」だの「あの男、うらぎりもの」だのと言葉が追いかけてきたが、無視して歩き続けるうちに諦《あきら》めたようだった。

——なんだったんだ、一体……。

正直なところ、気持ち悪かった。

早く咲の顔が見たい。癒されたい。そう念じながら食堂に飛び込むと。

「あれー、お兄ちゃん、ジェイと会わなかったか？　たった今、捜《さが》しに出てったところだぞー」

悠大がのんびりと声をかけてくる。

その隣《となり》に、咲が座っている。

大きなテーブルの片隅《かたすみ》に、ちょこんと並べられたふたり分のお菓子《かし》と、ハーブティー。

申し訳なさそうに謝る咲の前のお菓子が食べかけであることに、晴季は衝撃を受けた。

「兄さん、ごめんね。お昼、先にいただいちゃった……」

ちゃんと、食べられている。

晴季の中の咲のイメージでは、初対面の、ましてや憧《あこが》れの悠大の前で、飲食ができるほど打ち解けるのは、もっと時間のかかることだと思っていた。

「悪《わり》ぃな、お兄ちゃん。咲は待つって言ったんだが、俺が食っちまおうって急《せ》かしたんだ。腹減ってたんだよ。正式ディナーじゃないんだし、別にいいよな？」

あっけらかんと言う悠大に、咲が昼食も問題なく食べられたことを察して、拍子抜《ひょうしぬ》けしてしまった。

――そっか……咲はもう、本当に大丈夫《だいじょうぶ》なんだな……。

王子の言ったことは正しかった。

咲はもう、昔の壊《こわ》れてしまいそうな咲ではないのだ。

咲には助けられてばかりだと自分でも言っていたくせに、どうして今でも自分が守ってやらなければと頑《かたく》なに思い込んでいたのだろう。

「咲、悠大さんと映画の話してたんだ？」

「うん。いろいろ、うかがってた。……すごいお話ばかり」

はにかむ咲はとてもキラキラしていて、それは紛《まぎ》れもなく悠大との時間で得られたもので、

……また淋《さみ》しさが湧《わ》いてくる。

咲がこんなふうに家族といる時みたいにリラックスした表情をすることに驚《おどろ》かされて、どんな話をしてたんだ？　と、詳しく聞きたい衝動《しょうどう》に駆《か》られた。

けれど割り込んではいけないんだ、と思った。

王子の言葉が耳に残っていた。――チャンスを奪《うば》ってはならないと。

咲はひとりの人間なのだ。自分とは違《ちが》う、ひとりの人間。

そんな当たり前のことを、今、ようやく目が覚めたみたいに、とても鮮烈《せんれつ》に感じる。

「……咲」

ん？　と小首を傾げて、晴季の言葉を聞こうとしてくれる。

いつも通りのしぐさ。見慣れた、弟の、可愛《かわい》い姿。それなのにまったく違うふうに見えた。

二十三歳の、今の、辻占咲。

「咲、……ちょっと、占ってもいい？」

ある予感めいたものに衝《つ》き動かされ、そう口にしていた。

「え？　ええと、僕でいいの？」

チラッと悠大を見たのは、占《うらな》いの修行《しゅぎょう》の相手として彼が紹介《しょうかい》されていたからだろう。

そして咲とふたりきりの時以外、咲を占ったことがないから。一度も成功していないことを、わざわざ人目に晒《さら》す意味がない。

「うん、まずは咲を占いたい。悠大さん、すみませんが、少し時間をいただいてよろしいですか？」

「ああ、もちろん。占いのやり方も知りたかったし、ちょうどいい」

「ありがとうございます。咲も、いい？」

「──はい。じゃあ、お願いします」

咲の表情が改まった。補佐《ほさ》の仕事の時みたいに。

テーブルを挟《はさ》んで向かい合わせに座り、晴季は革紐《かわひも》に通してネックレスにしていた『神秘の翠』を外して、指に嵌《は》めた。

「へぇ、それが『神秘の翠』か」

悠大がまじまじと指輪を見つめる。

──もしかして悠大さんも、「同じ指輪」のこと知ってるのかな？

グラディウスのことも聞いてみたい。

けれど今は、目の前のことに集中しなければ。

咲がテーブルに手を置く。ゆっくりと深呼吸して、それから深く頷《うなず》いた。

「占います」

宣言して、手を……重ねる。翡翠《ひすい》の指輪がしっかりと咲の肌《はだ》に触《ふ》れるように。

その瞬間《しゅんかん》。

「……っ！」

瞼《まぶた》の裏に光が差した。

陰影《いんえい》を感じ取るための「占いの小部屋」を脳裏《のうり》にイメージするまでもなく、自然とそれが浮《う》かび上がった。

『是《ぜ》』

口にした瞬間、咲が目を見開いた。

信じられないというような、けれど信じていたと叫ぶような、複雑な感情が綯《な》い混ぜになった、饒舌《じょうぜつ》な瞳《ひとみ》。

「……『是』だよ、咲。間違《まちが》いない」

繰《く》り返した晴季に、うん、うん、と咲が頷く。

言葉にならないのか、悠大の前で不用意なことを言えないと考えているのか、分からなかった。そして王子に指摘《してき》される前の自分なら、「咲はこう考えているに違いない」と勝手に断定していたかもしれないと思った。

咲の気持ちが、自分に分かるわけがなかったのに。

慮《おもんぱか》ることはできても、決めつけてはいけなかった。

そのことに王子が気づかせてくれた。

——やっぱり、おれに向けてたあの人の顔が偽《いつわ》りだなんて思えないよ……。

「ごめんな、咲。おれ、ずっと、咲に甘えてたんだと思う」

「え⁉」

そんなに驚かなくても、と思わず笑いを誘《さそ》われるくらい、咲の目がまんまるになっている。

「もしそうだとしたら、僕は嬉《うれ》しいよ？　……僕はずっと、兄さんを支えられるようになりたかったから」

「ありがとう。でも……弟離《ばな》れしないといけないみたいだ。『神秘の翠』が教えてくれた」

王子の言う通り、自分は弟に依存《いぞん》していたのだろう。

だから咲だけは占えなかったのだと、今なら分かる。

そして咲の協力がなければ占えなかったことも、きっとそういう意味だった。

自分は精神的に一人前ではなかったのだ。

そう突きつけられるのは恥《は》ずかしくて、情けないとも思うけれど……どこか清々《すがすが》しかった。

「……兄さん、僕が今占ってもらったのは、『兄さんがしようとしてることを応援《おうえん》したい』だったんだよ」

「え、今の『是』？」

「うん。『是』だったね」

花が綻《ほころ》ぶように咲は笑う。

もっと自分のことを占えばいいのに、咲は本当に欲がない。

その後、悠大も占った。

内容は、集中して黙《だま》って念じても、声に出してもどちらでもいいと言うと、「今日の午後は、このまま咲とふたりで遊んでいいですか？」と尋《たず》ねられた。

占うまでもなく、いいに決まっている。

修行も兼《か》ねて占ってみたが、当然の如《ごと》く『是』だった。咲に定位置に立ってもらわなくても、すんなりと占えた。

自分ももう大丈夫なのだと、不思議と確信していた。

咲は動揺《どうよう》したり恐縮《きようしゆく》したりしつつも、悠大にはにかみ笑いを向けている。

咲が自分の許《もと》から離れていくような感覚に、やはり淋しさを覚えた。けれどここで手を離すことが必要なのだと、自然と思える。

「私も占ってくれるか？」

しんみりとしていたところに、突然《とつぜん》、背後から王子の声が聞こえた。

「ジェイ!?　いつの間に……！」

「随分《ずいぶん》、集中していたようだな。堂々とした姿に惚《ほ》れ惚《ぼ》れしたぞ、晴季」

とろけるような甘いまなざしと微笑《ほほえ》みを向けられて、晴季は硬直《こうちよく》した。

なんなのだ、その表情は。見つめられるだけで恥ずかしくなる。急激に鼓動《こどう》が走り出す。しかも時折、乱れたりして。

――なんだこれ!?　不整脈!?

そういえば少し前にも不整脈を疑ったことがあった気がする。あれは確か……考えて、思い出した。

このまなざしだ。とろとろの蜜《みつ》が滴《したた》るようなこの甘ったるさに、どうやら自分は乱されてしまうらしい。

あんなにいろんなことがあって、今度この人の顔を見たら自分がどんな反応をしてしまうか分からずにいたのに……まさかこういう吹《ふ》き飛ばされ方をするとは思ってもみなかった。

「先ほどは……」

「わーっ！」

思わず奇声《きせい》を上げて立ち上がる。一体何を言う気だ、この人は。

「占いは後にしましょう！　おれ、お腹《なか》ペコペコです！」

早くここから脱出《だっしゅつ》しなければ。さっきまで自分が王子としていたことを考えると、咲の前で平気な顔をして並ぶことなんて絶対に無理だ。

「お？　顔が赤いぜ、お兄ちゃん？」

「気のせいです！　……っていうか、なんで『お兄ちゃん』なんですか？　おれ、悠大さんより年下ですよ？」

王子と同い年なら、二十九歳。晴季の方が四つも下だ。その呼び方には違和感《いわかん》があるのだが。

「だってオマエ、根っからの『お兄ちゃん』ジャン」

「……そうですか？」

少し前までの自分なら、手放しで喜んでいただろう。弟たちを守りたいと、長男としての務めを果たしたいと、頑《かたく》なに目指していたのだから。けれど今は、少し複雑だ。

「言っとくが揶揄《やゆ》してるわけじゃないぜ？　咲と話してると、晴季がいかにいいお兄ちゃんかってことがマジでよく分かる。兄弟っていいモンだよなー、ジェイ？」

「なぜ私に振《ふ》るのだ」

「おもしろいから。おまえちょっと見ない間に人間くさくなっちゃって。イイねぇ」

「私は何か変わったか？」

「兄弟愛にジェラって暴走するとか、ありえなすぎておまえの皮被《かぶ》った別人かと思ったぜ」

なぜ悠大がそのことを知っているのか。

「晴季には謝った」

「え、マジで？　ってことは自覚あり？　てっきり初めての独占欲《どくせんよく》に戸惑《とまど》ってる系かと思ってたのに」

「あんな短時間で悠大にはそこまで分かってしまったのか」

「分かるっつーの。うちの『お兄ちゃん』のことですから」

「これが恋《こい》とい…」

「ジェイ！　早く行きましょう！　今すぐ！　咲、おれ午後からジェイと出掛《でか》けるから。咲も、怪我《けが》とかしないように気をつけて遊んでくるんだぞ」

「う、うん」

目を白黒させる咲の隣《となり》で、ぶはっと悠大が噴《ふ》き出した。

「ほら、『お兄ちゃん』だ」

――しまった。弟離れしないといけないのに、つい……。

すぐに変わるのは難しいようだ。自戒《じかい》し続けていかなければ。

王子を急《せ》かして食堂を出たものの、廊下《ろうか》でふたりきりになるなり、気まずくなる。

そもそもふたりで出掛ける理由が分からない。

「あの、おれやっぱり……」

「晴季、馬は好きか？」

「……馬？」

場違《ばちが》いな単語に、きょとんとなった。

「乗りたくないか？」

「え、乗りたい！」

うっかり食いついてしまった晴季に、王子はとろけた笑《え》みを浮《う》かべる。

だから、その眼《め》で見るのはやめてほしい。

「準備させておいた甲斐《かい》があった。こちらだ」

手を取られて、歩き出す。振り解《ほど》こうとしても、ぎゅっと握《にぎ》りしめられて敵《かな》わなかった。

――こっ、これは、手を繋《つな》ぐってやつじゃないか……!?

ドッドッドッと鼓動が速度を上げていく。

使用人とすれ違う際も離《はな》してもらえなくて、人に見られて平気なのかと、ひとりで狼狽《ろうばい》してしまった。

すっかり手のひらが汗《あせ》ばんだ頃《ころ》、ようやく通用口に到着《とうちゃく》する。普段《ふだん》、公務に出掛ける際に公用車が停《と》まっている場所だ。

しかし今日は、そこに馬がいる。

煌々《きらきら》しい純白の一頭と、その後ろにリヒトが手綱《たづな》を握った黒い一頭。

「うわぁ……おっきい！」

晴季の肩《かた》よりも馬の背の方が高い。間近で見るのは初めてで、その迫力《はくりょく》に圧倒《あっとう》された。それなのに瞳《ひとみ》は翡翠《ひすい》うさぎと同じくらいつぶらで、優《やさ》しく輝《かがや》いていて、そのせいか怖《こわ》さなどまったく感じない。

王子が近づくと、白馬は嬉しそうに鼻を擦《こす》りつけた。王子は白馬を抱《だ》きしめて頬《ほお》ずりしてから、愛《いと》しげに撫《な》でる。

「今日は私の大切な人を一緒《いっしょ》に乗せてくれ、トウフ」

ツッコみたいところはいろいろあるけれど、中でもこれは放置できない。

「……とうふ？」

「この子の名前だ。真っ白で、気品に溢《あふ》れたところが似ているだろう？　日本の伝統的なあのものに」

「日本の伝統的なトウフ？　……って、まさか豆腐《とうふ》!?　うそでしょ!?」

　思わず派手に噴き出してしまった。

「おかしいか？」

「だって食べ物ですよ？　この子はこんなに素敵《すてき》なのに。ねぇ？」

　話しかけると、白馬はシッポをパサッと揺《ゆ》らした。

「幼い頃の私にとって、豆腐は忍者《にんじゃ》と同じく憧《あこが》れの存在だったのだ。もしもあの頃に豆腐を手に入れていたら、翡翠と並べて崇《あが》めただろう」

　その場面を想像したら、可愛《かわい》くておかしくて笑いが止まらなくなってしまった。どれだけ高貴な豆腐様なのか。

　しかし彼なりの思い入れが分かったら、個性的で素敵な名前かもしれないと思った。

「ごめんなさい、笑ったりして。トウフ、今日はよろしくお願いします」

　つぶらな瞳を見つめて、想《おも》いを籠《こ》めて言うと、ブルルッと鼻を鳴らして晴季にも擦《す》り寄ってきてくれた。撫でると、もっとと鼻先を押しつけてくる。めちゃくちゃ可愛い。

「おいで、晴季。乗り方の手本を見せよう」

　王子は鐙《あぶみ》に足をかけ、ひらりと白馬の背に跨《また》る。なんという軽《かろ》やかさ。

　一旦《いったん》下りて、今度は晴季を先に跨らせた。

「おー、すごい。高い！　視界が広い！」

　初めての高さに感激し、艶々《つやつや》の毛並みを撫でていると、後ろに王子が跨った。そして背後から手を伸《の》ばしてきて、晴季の前の手綱を握る。

ドキッとした。まるで背中から抱き寄せられているみたいな体勢で。王子の体温を背中全体に感じる。緊張《きんちょう》で背筋が伸びた。

「いい姿勢だ」

「ひゃっ」

耳元で響《ひび》いた艶やかな声にびっくりして、首を竦《すく》めてしまった。

「あ、す、すみません。大丈夫《だいじょうぶ》です」

恥《は》ずかしくて振り返れない。

ふっ、と王子が吐息《といき》で笑った。もしかして晴季の動揺《どうよう》の理由などバレバレなのだろうか。そうだとしたら、なんだか悔《くや》しい。

――この体勢で、ずっといるのか……？

大丈夫だろうか、と自分の心臓が心配になる。もう不整脈ではないと分かっているけれど、こんなに鼓動《こどう》が乱れてばかりなのは人生初で、負担がどれだけかかっているか不安になる。

「この場で少し足慣らししてから出発しよう」

「そういえば、どこへ出掛けるんですか？」

「街だが？」

「え、馬で!?」

「もちろん。我が国で馬は一般《いっぱん》的な移動手段だ。軽車両扱《あつか》いで、交通ルールが適用される。日本は違うのか？」

どうだろう。少なくとも晴季の周りには、馬で一般道を走る人はいなかった。それ以前に、乗馬する人自体に心当たりがない。

「今日は目立たない道を選ぶ。心配しなくていい」

――あ、それも……いいのかな？

公務で行く先々で黄色い悲鳴と野太い声援《せいえん》の洪水《こうずい》を目撃《もくげき》しているだけに、もし見つかって、もみくちゃにされたらどうするのだろうと心配になった。自分ごときが王子を助けられるとは思えない。

――リヒトさんがいるから大丈夫なのかな？

チラリと視線をやると、リヒトも漆黒《しっこく》の馬に跨って準備は整っていた。護衛で同行すると思われる。

「さあ、トウフ。頼《たの》んだぞ」

王子が足で馬の腹を蹴《け》ると、ゆっくりと歩き出した。

――うわー、動いてる！

この高さで遮《さえぎ》るものが何もなく景色を見渡《みわた》せるというのは、不思議な感動だ。カッポカッポと蹄《ひづめ》の音がして、馬の動きに合わせて体が揺れる。

「あの、手ってどこに置いたらいいんですか？」

「膝《ひざ》の上でも、手綱の緩《ゆる》んでいる部分を握るのでも、鞍《くら》の突起《とっき》の部分を持つのでもいいが、私としては、私の腕《うで》を摑《つか》んでくれることをお勧《すす》めする」

できることならそのお勧め選択《せんたく》は避《さ》けたい。

しかし順番に試《ため》したところ、常歩《なみあし》はまだしも速歩《はやあし》や駈歩《かけあし》になると体が跳《と》び上がってしまって不安定になり、王子の腕を軽く摑んでいる状態がもっとも安定することを知ってしまった。

背中から包み込まれるようなこの体勢でなければ、間違《まちが》いなく振《ふ》り落とされていただろう。

「よし、行こう」

王子が手綱をクイッと片側だけ引くと、白馬はさらりと方向転換《てんかん》し、城門に向かって駆《か》け出した。リヒトの黒馬も後に続く。

衛兵たちの敬礼で見送られて城門を出ると、まっすぐ延びる大通りではなく、脇道《わきみち》に入った。充分《じゅうぶん》な道幅《みちはば》があり、軽舗装《けいほそう》されただけの土の道の両側には木々が途切《とぎ》れない。

景色が流れる。木漏《こも》れ日が道を照らし、木の葉が陽光に透《す》けてヤーデルブルク産の翡翠のように透明感《とうめいかん》のある緑色に輝いている。

なんて美しい景色だろう。

そしてその景色に溶《と》け込んでいくような不思議な感覚は、馬の背に乗って駆けているおかげだろうか。

この一体感を感じられただけでも、この国に来てよかったと思ってしまった。まだ何も解決していないというのに。

ただ、背中に感じる王子の体温や息遣《いきづか》いが、決して自分を乱すばかりではないと体感したのは大きかった。

しばらく進むと途切れ途切れに家が見えるようになった。どの家庭の庭にもポールがあり、国旗が掲《かか》げられている。庭先に人がいてドキッとしたが、幸い王子の方は見なかった。前方から来てすれ違った馬に乗っていた人も、互《たが》いに軽く手を挙げて挨拶《あいさつ》したが、王子には気づかなかったようだ。ホッと胸を撫でおろす。

随分《ずいぶん》駆けたと思ったら、突然《とつぜん》木々を抜《ぬ》けて眼下に街が広がった。中世からの歴史ある建物が建ち並ぶエリアだ。保護地区にも指定されているため、散策できたらいいな……と地図を見て密《ひそ》かに思っていたのだが、そんな晴季の思いなど王子には筒抜《つつぬ》けだったのだろうか。

坂道を下りていくと、小川を挟《はさ》んで左手に街、右手に人々の憩《いこ》う丘《おか》という場所に入り、白馬は歩みを緩めた。やがて煉瓦《れんが》造りの一軒《けん》の店の裏で止まる。

ふと気づくと、後ろを走っていたはずのリヒトがいなくなっていた。

「リヒトさん、はぐれちゃったんですか？」

「いや。デートに護衛など無粋《ぶすい》だろう？」

「デッ⁉ デートなんかじゃないでしょ⁉」

晴季の抗議《こうぎ》を、ははっと声を上げて笑い飛ばした王子は、先に馬を下りて晴季をサポートしてくれた。

突然、店の裏口のドアが開き、エプロン姿の恰幅《かっぷく》のいい男女が喜色満面で飛び出してくる。

『殿下《でんか》～！』

『やあ、サム、モニカ。急な頼みですまないな』

『とんでもない！　光栄です！　特別に焼く時間がなかったのが残念ですが……』

『きみたちのミートパイは、すべてが特別に美味《おい》しいだろう？』

『殿下……！』

ヤーデルブルク語で交《か》わされる会話は、殿下という単語以外晴季にはまったく理解できないが、彼らの表情や声音《こわね》から、親しい間柄《あいだがら》だということは分かる。

ただ、彼は『王子様』の表情をしていた。

王子は手綱《たづな》を男性に渡《わた》し、女性から籐《とう》の籠《かご》を受け取った。

「晴季、彼らは国一番のミートパイのシェフだ。以前は城で働いてくれていたのだが、今は店を継《つ》いで立派に切り盛りしている。私の大好物を晴季にも食べさせたくて、ランチボックスを用意してもらった」

王子が紹介《しょうかい》してくれる。どうりでいい匂《にお》いだと思った。

「こんにちは。ランチをありがとうございます！　いただきます」

言葉は通じないが精一杯《せいいっぱい》の気持ちで挨拶すると、男性は芝居《しばい》がかったしぐさでお茶目に深くお辞儀《じぎ》して、女性はエプロンの裾《すそ》を摘《つ》まんで可愛《かわい》らしく挨拶を返してくれた。

「いい天気だから、川べりで食べよう。こっちだ」

「え、トウフは？」

「彼らが休ませてくれる」

慣れているようで、手綱を引く男性に白馬はおとなしくついていった。帰りまでここで預かってくれるのだという。

裏の小径《こみち》を進むと、きれいに整備された小川に出る。それなりの人数があちらこちらでピクニックを楽しんでいた。しかもなぜかミニ国旗がチラホラ見える。

——これ、見つかったら大変じゃない……？

不安になって見上げると、王子はいつの間にかキャップを目深《まぶか》にかぶっている。一応は変装のつもりらしい。

「心配ない」

その根拠《こんきょ》はどこに。

あろうことか王子は、すぐ近くに人がいる場所に腰《こし》を下ろした。普通《ふつう》の声音なら互いに干渉《しょう》しない距離《きょり》だが、朗《ほが》らかな笑い声ははっきりと届く。

——まずいだろ、ここは……！

ハラハラする晴季をよそに、王子は草の上に座り、籐籠を開けた。ふわりと香《こう》ばしい匂いが立ち上る。クゥ、とお腹《なか》が鳴った。空腹のピークを一旦《いったん》過ぎておとなしくなっていた胃だが、この匂いは駄目《だめ》だ。食欲を刺激《しげき》されすぎる。

蓋《ふた》の内側にはプレートやカトラリーがセットされていた。なんとワイングラスまで。

王子が優雅《ゆうが》に、実に楽しそうにミートパイを取り分けてくれるものだから、晴季も観念して隣《となり》に腰を下ろす。

けれど、いつ周囲の人に見つかるかと気が気でないのだが。風に揺《ゆ》れるミニ国旗の存在に、余計にひやひやする。

――あれって、お子様ランチにつまようじの国旗がついてくる感覚なのかな……？

「さあ、晴季、乾杯《かんぱい》しよう」

「あ、はい。かんぱー……い、って、ちょっと待った。馬は軽車両扱いって言ってませんでした？　これって飲酒運転にならないんですか？」

「ワイングラスに注いでいるが、実はただの葡萄《ぶどう》ジュースだ」

なんと紛《まぎ》らわしい。

しかし口にした途端《とたん》、このチョイスの意味が分かった。濃厚《のうこう》な葡萄ジュースとミートパイは、ものすごく合う。

「美味《うま》ーっ！」

思わず声に出してしまい、ハッと口を押さえる。誰《だれ》もこちらを気にしていない。セーフ。

二口、三口、と頬張《ほおば》る。本当に美味しい。咲と充希にも食べさせてやりたいと思ったが、この景色もごちそうの一部なのだろう。離《はな》れていることがじわりと淋《さみ》しくなって、イカンまだと反省した。

――少しずつ、弟離れしていかないと……。

「美味《おい》しかったー。もう一切れいただいてもいいですか？」

「もちろん。気に入ったようだな」

「ミートパイがこんなに美味しいものだって初めて知りました」

「晴季が喜んでくれて、私も嬉《うれ》しい。城での食事ももちろんいいが、こうしてこの国の青空の下で、おまえとふたりきりでピクニックしてみたかったのだ。……これほどの幸福感に包まれるとは、想像もしていなかった。やはり私は、おまえに恋《こい》をしているのだな」

「っ！　そういうこと言わないでください」

しかもそんな満ち足りたような表情で。

一緒《いっしょ》に馬に乗ってきたことで免疫《めんえき》ができていたはずの心臓が、またしてもトクンと乱れてしまう。

「なぜだ？　自覚したからには、私は愛を囁《ささや》きたい」

「あ……っ⁉」

絶句する。愛という言葉にも、なぜと聞かれて心の中に浮《う》かんできた自分の気持ちにも。

――だって、信じたくなっちゃうじゃないですか。

そんなふうに思った。

王子が自分なんかに恋をするなんて信じられないと言いながら、心の奥底では……信じたいと願っているのだろうか。

――まさか！　違《ちが》う！

「晴季？　顔が赤いが」

「気のせいです！」

突《つ》っぱねて、もぐもぐと一心不乱に咀嚼《そしやく》した。

せっかくのミートパイが、なんだか味が分からない。

――もったいない。ちゃんと、味わおう。

急に緩慢《かんまん》な動きになった晴季に、王子は何も言わずただ世話を焼いてくれる。やけに楽しげに。

しばらくすると晴季も落ち着きを取り戻《もど》し、空になった王子のグラスに葡萄ジュースを注いであげられるくらいの気持ちの余裕《よゆう》ができた。

「……ここ、よく来るんですか？」

白馬を預けるのも慣れていたようだし。

「時々、息抜《いきぬ》きにな。人を連れてきたのは初めてだ」

そんなありふれたフレーズに、じわっと頬《ほお》が熱を持つ。

「素晴《すば》らしい場所だと思わないか？　自然に溢《あふ》れ、国民が憩い、時にはほら……国の宝が戯《たわむ》れている」

王子が指さした方を見ると、草の上をぴょこぴょこ跳《は》ねるものが目に入った。はっきりと姿までは捉《とら》えられない距離だが、どう見ても翡翠《ひすい》うさぎだろう。

ピクニックを楽しんでいる人たちの許《もと》に翡翠うさぎがぴょーんと跳《と》びこみ、歓声《かんせい》を上げさせていた。子どもたちがきゃあきゃあと追いかけるが、きちんと近づきすぎないようにしているようだ。

「こんなに人がいるところにも現れるんですね」

「もちろん。縦横無尽《じゅうおうむじん》に地下道が張り巡《めぐ》らされていて、神出鬼没《しんしゅつきぼつ》だ。王宮の中庭にも出入り口があるぞ」

それはもしや、先ほどのあの庭のことだろうか。

「巣穴じゃなくて、出入り口ですか？」

「ああ。巣というものはいまだ発見されていないのだ。おそらく地中深くに存在していると考えられている」

「生態が謎《なぞ》に包まれてるって、そこまで謎だったんですか」

「ロマンに溢れているだろう？」

自慢《じまん》げな彼に、きゅんとしてしまった。

「翡翠うさぎも人々も、この王国に生きとし生けるものすべてが宝だ」

王子という立場なら、きっと晴季には想像もつかないような贅沢《ぜいたく》だってできて当然なはずなのに、こんな国民にとって日常的な場所をお気に入りだと言うのだ、この人は。

「この国のこと、本当に大好きなんですね」

「我が祖国に生まれたことを誇《ほこ》りに思っている」

この国の人たちは幸せだな、と思った。

こんな王様が治める国になら、晴季だって住んでみたいと思う。

けれど――常に大きな翼《つばさ》を広げて飛び続けている彼を、休ませてあげられる止まり木はあるのだろうか。

誰が、「この人」を癒《いや》せるのだろう。

そう考えたら、胸が締《し》めつけられるように苦しくなった。

「まだ三百年にも満たない王国だがな」

「でも歴史自体は、もっと古くからあるでしょう？　ローマ時代にはすでに栄えてたって、少しだけ勉強しました」

周囲を列強国に囲まれた陸続きの土地柄《とちがら》と、かつて産出していた良質な翡翠のせいで、常に戦乱に巻き込まれてきただけだ。現在の王家が約三百年前に独立を宣言してから、ようやく平和への道をたどり始めた。

「初代の王様が、隣の国の大公だったんですよね、確か？」

「ああ。暫定《ざんてい》的に治めていたところ、民衆に乞《こ》われて王座に就《つ》いた。――そのせいで彼は……生涯《しょうがい》愛すると誓《ちか》った日本人女性と、結ばれることができなかったらしい」

「え！　日本人女性!?」

思いがけない繋《つな》がりに驚《おどろ》いたが、そういえばあのパークスと名乗っていた男がそれらしきことを言っていなかっただろうか。

「……もしかして、なんですが……指輪って、その話に関係ありますか？」

「なぜそのことを？」

青い眸《ひとみ》が見開かれる。純粋《じゅんすい》に驚いているだけのようだ。

「ええと、さっき、なんか……パークスっていう人に話しかけられて」

「ゲイン・パークスか？　なぜ？」

眉間《みけん》に皺《しわ》が寄る。不快感が滲《にじ》んでいた。

「フルネームは分かりません。政治家って言ってました。ええと……」

しまった。彼の話をするなら、グラディウスのことも説明しなければ意味が通らない。

しかしグラディウスとのやり取りを王子に話してしまっていいものか分からなかった。個人的には困ることなどないのだが、グラディウスと王子の間になんらかの齟齬《そご》があるのは間違《まちが》いないと思う。自分が下手なことを言って、関係が悪化してしまったらどうしようという不安があった。

——あっ、うさぎを見せてもらってただけって言えばいいのか。

グラディウス自身もそう言っていたではないか。

「晴季。何があったか聞かせてくれ。はっきり言うが、パークスは信用ならない男だ。私の態度から、晴季が私の大切な人だと知られてしまった可能性がある。万が一、晴季を利用しようなどと彼が考えているのなら、思い知らせてやる必要がある」

びっくりした。こんな厳しい言葉がこの人の口から出てくるなんて。けれど優《やさ》しいだけの『王子様』でない面を見せてくれたことが嬉しい。

「済まない。驚かせたな。……幻滅《げんめつ》したか？」

苦しげに、彼は顔をゆがめる。

「は？」

「だが、分かってくれ。時として強い手段を取ることも私には重要…」

「そんなの当たり前じゃないですか！　あなたは一国の王太子なんだから。むしろ安心しましたよ？」

「……安心？」

「だって優しいだけじゃ、悪い人たちの食い物にされちゃうじゃないですか」

なぜか、クッと笑われた。おかしなことを言っただろうか。

「……そうだな。当たり前のことだ。なぜ一瞬《いっしゅん》でも、こんな私を知られたらおまえに嫌《きら》われるかもしれないなどと不安になったのだろう」

「え」

――不安に？　……おれに、嫌われるかもって？

「恋とは、こんなにも厄介《やっかい》なものだったのだな」

苦笑《くしょう》して、照れたようにグラスを傾《かたむ》ける王子に、晴季は戸惑《とまど》った。

――どういうこと……？　まさか、ほんとに……おれのこと……好き、なのか？

考えた途端《とたん》、ぎゅっと胸が苦しくなった。

そんな、まさか。

何度も何度も否定するのに、その端《はし》から彼の一挙手一投足が甘い期待をさせようとする。

「それで、晴季。パークスの件だが」

「あ、えっと、グラディウスさんのこと裏切り者だとか言ってきて、……あっ」

心のガードが緩《ゆる》んでいたせいか、うっかり白状してしまった。

サッと王子の顔が強張《こわば》る。

「さっき、翡翠うさぎを見せてもらったんです！　中庭に行ったら、ちょうど調査されてて、その……あっ、うっさー伯爵《はくしゃく》がね、一緒《いっしょ》にいて」

「晴季」

呼ぶ声が硬《かた》い。

「身分証明書を見せてくれたんです。それで、名前を知って……」

「晴季。彼とどんな話をした？　おまえを傷つける可能性があるなら、たとえあの人でも容赦《ようしゃ》しない」

その言い回しに、やはり彼が剣術《けんじゅつ》を教えていたのは王子たちだったのだと、間違いなかったことを確信した。

「……パークスさんみたいに、おれを利用するかもとは考えないんですね」

指摘《してき》されると、一瞬だけ怯《ひる》んだ。しかしすぐに何事もなかったかのように感情の揺《ゆ》れを消し去る。

「パークスは政治家、彼は翡翠うさぎの調査員だ。調査員と私には直接の関《かか》わりがない。そもそも利用しようがないだけだ」

「でも、……師匠《ししょう》だったんですよね？」

「……彼がそう言ったのか？」

くっきりと眉《まゆ》を顰《ひそ》める。失敗しただろうか。

「いいえ。ただあまりにも日本語が流暢《りゅうちょう》だから、どうしてですかって聞いたら、昔、三人の少年に剣術を教えてたって。その子たちが日本語で話してたから、聞いてるうちに覚えたって言ってました。だからおれが勝手に、ジェイたちのことかなって推測しました」

「……そうか」

ふっと空気が緩んで、彼が緊張《きんちょう》していたことに気づいた。

そこに安堵《あんど》を感じたのは、晴季の気のせいだろうか。けれど王子がグラディウスに対して嫌《けん》悪《お》や憎悪《ぞうお》などといった悪感情を抱《いだ》いていないことは、確かだと思った。

「……晴季の推測通り、彼は……私たちの師であり、歳《とし》の離《はな》れた兄のようでもあった。——信《しん》頼《らい》していた」

静かで、強い呟《つぶや》き。

それが過去形だったことに、ドキッとした。

「……何かあったんですか？」

王子は視線を落とす。彼の中にある記憶《きおく》を見つめているらしい横顔は、無表情だった。

「謀反《むほん》を企《くわだ》てたと」

「まさか！」

そんなわけがない、と反射的に思った。

しかし自分はグラディウスのことを何も知らないではないか。王子を大事に想《おも》っているらしいという一面だけで、謀反を起こすわけがないなどと言い切れるわけがなかった。

それに、あの――占《うらな》いの明滅《めいめつ》。

王子に忠誠を誓うことが、グラディウスにとっては『是《ぜ》』であり『非』でもあるという奇妙《きみょう》な結果を、どう解釈《かいしゃく》すればいいだろう。

「彼は、私の父である王の、近衛《このえ》隊《たい》の第二師団長だった。今でこそ平和なこの国だが、父の王太子時代には、まだ周辺諸国とのいざこざはあったのだ。彼は若い頃《ころ》に軍師として武勲《ぶくん》を立て、一目《いちもく》置かれる存在だったらしい。私が生まれてすぐに剣術の師としても抜擢《ばってき》され、将来的に私の近衛隊を率いる立場になってくれるはずだった。だが時代が、国防よりも周辺諸国との経済的互恵《ごけい》関係を重んじるようになると……政治的に、彼を排除《はいじょ》しようとする一派が現れたと聞いている」

淡々《たんたん》と語るのは、ただ事実だけを伝えようとしているからだろうか。

裏を返せば、そうして仮面で覆《おお》わなければならない感情を抱いていることになる。

「それって……グラディウスさんは陥《おとしい》れられたってことじゃないですか？」

「私もそう考えている」

「だったら、どうして変な距離《きょり》ができちゃってるんですか？」

「彼が自ら退いたからだ。謀反の件は証拠《しょうこ》不十分ということでうやむやにされ、なんの罪にも問われなかったにも拘《かか》わらず、彼は城を去ってしまった。私が十五歳の時だ」

その年齢《ねんれい》に、ドキッとした。晴季が両親を亡《な》くしたのも同じ歳だったから。もう子どもではないつもりで、しかし結局、自分は何の力もない子どもだと思い知らされたつらい日々のことを思い出してしまう。

おそらく王子も、まだ一人前としては扱《あつか》ってもらえなかったのだろう。大人たちの間で話が決まり、彼にはどうすることもできなかったに違《ちが》いない。

「……その時、王様は何かおっしゃったんですか？」

「彼の意志を尊重する、と。それだけだ」

「え、じゃあ、やっぱり濡《ぬ》れ衣《ぎぬ》じゃないですか！」

「ならばなぜ、彼は汚名《おめい》を雪《すす》ごうとしない⁉」

キッとこちらを向いた王子の眸《ひとみ》には、燃えるような色が宿っていた。

怒《いか》りなのか、悔《くや》しさなのか、分からない。悲しみのようなものも見え隠《かく》れする。

――ああ、これだ。ジェイが隠してた感情。……グラディウスさんのこと、今でも好きなんだね……。

「……声を荒《あら》らげたりしてすまない。八つ当たりなど、王太子としてあるまじきことだ」

「おれが今話してるのは王太子様じゃなくて、ジェイですけど」

ムッとして言うと、彼はなぜか目を瞠《みは》った。

「おれなんてなんの力もないけど、あなたの話を聞くことくらいはできます。そんな可愛《かわい》い八つ当たりくらい、どんと来いです。腹が立つなら怒《おこ》ればいいし、悔しいなら叫《さけ》べばいい。おれだけ……あんな恥《は》ずかしいところ見せて、このままじゃ不公平です」

「恥ずかしい？」

「さっ、さっき、泣いちゃったじゃないですか」

カァッと顔が熱くなる。

さらには、泣いた後何があったのかを連鎖《れんさ》的に思い出してしまい、動悸《どうき》まで激しくなってきた。

――わっ、わっ、おれのバカ……！

キスの感触《かんしょく》まで甦《よみがえ》ってくるような気がして、思わず唇《くちびる》をごしごし拭《ぬぐ》う。

「それで、その時グラディウスさんはなんておっしゃったんですか⁉」

威勢《いせい》よく尋《たず》ねて羞恥心《しゅうちしん》を吹《ふ》き飛ばそう作戦だ。

顔が赤いとかツッコむなよ、と念を飛ばしたおかげか、王子はやけに甘ったるいまなざしを送ってきただけで言及《げんきゅう》はしなかった。

「何も」

「……真相は教えてもらえなかったんですか？」

「そもそも話していない」

「え？　えーと……聞かなかったんですか？　どうして汚名を雪がないのかって」

「彼は釈明《しゃくめい》しに来なかった。それが彼の意志だ」

――え？　どういうこと？　それが彼の意志？　んん……？　……まさか、それを尊重したってこと？

「ばっかじゃないですか⁉」

自制する隙《すき》もなかった。さすがにまずいと頭の片隅《かたすみ》では思ったが、止まらない。

「あなたは聞きたかったんでしょ⁉　だったら聞けばよかったのに！　他人を尊重するのはもちろん大事ですけど、まずは聞きたいっていうあなたの気持ちをなんで尊重してあげないんですか⁉　今からだって遅《おそ》くないです。このたった一週間でもちょくちょくすれ違ってるんだから、ちょっと摑《つか》まえて『なんで？』って一言聞けばいい！」

王子は青い眸をぱちくりさせて、「……その発想はなかった」と呟いた。なんでだ。こんな簡単なことなのに。

「晴季は……まるで魔法使《まほうつか》いだな。私の中に存在していることにさえ気づいていなかった様々な感情を、次々と暴《あば》いてみせる」

何もした覚えはないのだけれど。

とりあえず今は、自分の暴言を王子が怒っていないことにホッとした。

「え、と……って、あれ？　そういえばグラディウスさんは、どうして今、お城にいらっしゃるんですか？」

「三年前、調査員としての担当区域が城の敷地《しきち》内になったのだ。王の強い推薦《すいせん》があったと言われている」

「それってもう、謀反なんて企ててないって王様が認めたことになりませんか？」

「状況《じょうきょう》的に、そう判断する者がほとんどだ。だがそのせいで……またよからぬ動きをしている政治家がいるのだが」

パークスか。王子があの男に厳しい理由はここにあるらしい。

「私は、彼に、――自分で汚名を雪いでほしい」

静かな、静かな声だった。

これは彼の本音だと思った。

「……この話をしたのは、晴季が初めてだ」

ふっと照れたように笑う彼に、きゅんと胸が鳴る。甘くて、せつない。そしてとてつもなく……嬉《うれ》しい。

「悠大さんとか、リヒトさんには？」

「話題にしたことがない。……いや、私がさせなかったのかもしれない。悠大は時折、冗談《じょうだん》めかして『師匠』と口にするし、リヒトは剣術《けんじゅつ》の試合に出場するたび、彼に師事したと明言していたのに。……そうか、私がさせなかったのか……」

「じゃあ、ジェイが話題にすればいいですよ。今夜にでも」

そんな簡単なことではないと分かっていながら、あえて軽く言ってみる。「そうだな」と王子に微笑《ほほえ》みが戻《もど》った。

「晴季。――ありがとう」

まっすぐに見つめられた。優《やさ》しいのに、とても強いまなざし。心臓まで射貫《いぬ》かれそうな気がした。

「おまえに出逢《であ》えて、恋《こい》をしてよかった」

「なっ、……」

何言ってるんですか、と。

突っぱねられなかった。あまりにも真摯《しんし》で、心からの言葉だと理解してしまったから。

王子は、自分に、恋をしている。

本当に、自分のことを──好きでいてくれたのだ。

「……っ」

体の奥底から、熱い感情が噴《ふ》き出してくる。弾《はじ》けそうなほど胸がいっぱいになり、体の隅々《すみずみ》にまで熱が広がる。

四肢《しし》が震《ふる》えた。これは、幸福という感情だ。

王子の恋心が自分に向けられていることに、痺《しび》れるくらいの幸せを感じた。

──なに、これ……。うそだろ……？　こんなの、まるで……おれも、この人のこと……。

否定する術《すべ》を、もう持たない。

「晴季。私がきみを王国に招いたのは──」

ぴょーん！

「うわっ!?」

突然《とつぜん》、目の前を白い物体が横切って、晴季は仰《の》け反ってしまった。

翡翠《ひすい》うさぎだ。一瞬遅《いっしゅんおく》れて理解する。白いもふもふは、ぴょーんぴょーんと晴季の肩《かた》、頭に跳《と》び上がる。わっはっはーと笑い声を周囲から浴びせられ、この子のせいで注目を集めてしまっていることに気づいた。

──しまった！　話に集中しすぎて、全然注意を払《はら》ってなかった。

視線を走らせると、翡翠うさぎにじゃれつかれる晴季を見て笑っていた人のうち数人が、ハッと表情を変えるのが分かった。

──見つかった⁉

「ジェイ、騒《さわ》ぎになる前に…」

「大丈夫《だいじょうぶ》だろう」

彼は余裕《よゆう》たっぷりにそう言うと、口をあんぐりと開けて硬直《こうちょく》している女性に向かって、軽く手を振《ふ》ってみせた。

完璧《かんぺき》に整った『王子様』の表情で、優雅《ゆうが》に。

すると彼女は満面の笑《え》みになり、無言でこくこく頷《うなず》いて手を振り返してくる。そして膝元《ひざもと》に立てていたミニ国旗を、ずいっと押し出してきた。王子は笑顔で頷く。

そんなやり取りを周囲の人たちと交《か》わすと、その場は静かな興奮に包まれたものの、まったく騒ぎにはならなかった。少し離《はな》れた場所の人たちは、いまだに王子の存在に気づいていないだろう。

一体どういうことだ。この人こそ魔法使いではないだろうか。

「平気だっただろう？　こちらがプライベートだと分かると、たいていの国民はそっとしておいてくれる。これも小さな王国ならではの、一つの歴史だ」

平然と言ってのけるこの人はすごい。

すごいが、やはりさすがに視線を感じる。彼の表情も、さっきまでと違《ちが》い『王子様』を保っている。

ぴょーん、ぴょーんと翡翠うさぎは去って行き、自分にもチラチラと視線を感じると……自意識過剰《かじょう》だと分かっているが、彼の隣《となり》に並ぶ者としてふさわしいかどうか値踏《ねぶ》みをされているような錯覚《さっかく》に苛《さいな》まれてしまう。

「……ジェイっ、おれちょっと、小川の傍《そば》まで行ってみます！」

「すぐ戻ってきますから」

「待ちなさい。私も行く」

なだらかな斜面《しゃめん》を下りきり、川べりまで下りる。光を反射した水面《みなも》がキラキラと輝《かがや》いて綺麗《きれい》だ。アーチ形の橋も年月を感じさせる石造りで、とても味わい深い。

――あ、うさぎ！

橋の下の僅《わず》かな陸地に、ぴょこぴょこ跳《は》ねる姿を見つけた。

川に落ちたりしないだろうかと心配になって身を乗り出す。うさぎの後ろから若い男性が追いかけてきた。広げた手のひらに翡翠が見える。

――保護してくれるのかな？

翡翠に反応する習性を知っているということは、調査員だろう。

少し安心して見守っていると……うさぎが止まった。後ろ足だけで立ち、ヒクヒクと鼻を動かす。そして吸い寄せられるように、男性の手元へぴょーんと跳んだ。

次の瞬間《しゅんかん》。広げた黒い袋《ふくろ》がうさぎを掬《すく》い上げた。そのまま袋ごと鞄《かばん》に突っ込まれる。

「ええっ⁉」

思わず声を上げてしまい、男と目が合った。「しまった！」という顔をした男は、鞄を摑んで逃《に》げ出した。

あの反応は、どう考えても調査員のものではない。

「待てーっ！」

晴季も駆《か》け出す。残念なことに、他《ほか》の誰《だれ》も今の犯行を目撃《もくげき》していなかったようだ。協力を求めたいのに言葉が分からない。

「ジェイーっ！　うさぎ泥棒《どろぼう》！」

腹の底から叫《さけ》ぶと、丘《おか》の中腹で王子が即座《そくざ》に立ち上がるのが見えた。きっと聞こえたと信じて、晴季は男に向き直り、全速力で追跡《ついせき》する。辺りにいた人々の視線が集中しているのが分かった。この国の言葉を話せないことがもどかしくて悔《くや》しい。

男は川岸の細い陸地をどんどん先へ進んでいく。しかし先の方で行き止まりになっているのが見えた。

「その男、止めて！」

叫んでも、もちろん言葉は通じない。男は川に飛び込んで渡《わた》り始める。腰《こし》くらいの水深で、ザブザブと飛沫《しぶき》を上げつつ渡り切ってしまう。

晴季も迷わず男を追って水に入ろうとした。ところがその瞬間、あろうことか男は鞄を川の中に投げ捨てたのだ。

「うさぎ！」

晴季は流されていく鞄を追った。流れはゆるやかで、すぐに追いつく。そこで水に飛び込み鞄を掬い上げた。足が滑《すべ》って全身が水に浸《つ》かってしまったが、片手だけ高く掲《かか》げる。

「晴季！」

すぐ傍で王子の頼《たの》もしい声が聞こえた。彼も飛び込んでくる。

「ジェイ、早く！　この中にうさぎがっ」

何度か水を飲みつつもなんとか言って、鞄を必死に差し出した。

王子が鞄を受け取ってくれた瞬間、ホッとして。

ザブンッと完全に水没《すいぼつ》してしまった。予想外の水の中にびっくりして、簡単に足が着く深さだと分かっているのにゴボゴボと溺《おぼ》れたみたいになってしまう。

上か下かも分からなくなった。まさかこの程度の水深で溺れたりするものかと思うのに、現実に水面が分からなくて余計にパニックになる。

――苦しい！　ジェイ、助けて……！

心の中で叫んだ時だった。

グイッと力強く引き上げられる。空気だ！　と勢いよく吸い込んだら、派手に噎《む》せた。

「晴季……！」

抱《だ》きしめられた。たくましい腕《うで》に。晴季をしっかりと立たせ、咳《せ》き込む背中をさすってくれる。

「無茶をするな……！」

耳元で、掠《かす》れた声がした。こんなに切羽《せっぱ》詰《つ》まった彼の声は初めて聞く。

「うさ、ぎ…は？」

息も絶え絶えになりながら尋《たず》ねると、大きな手のひらに顔を拭《ぬぐ》われた。額に張りついた髪《かみ》を、優しい手つきでかき上げてくれる。

「そこにいる。無事だ。おまえのおかげだ」

川べりを見ると、数人に囲まれ、透明《とうめい》なビーチボールのようなものに入れられてぴょこぴょこ跳ねる翡翠うさぎがいた。

「翡翠うさぎ専用の医療《いりょう》ドームだ。居合わせた調査員が提供してくれた。念のため病院に搬送《はんそう》して、怪我《けが》がないか検査することになる」

「そうですか。よかったぁ……」

安堵《あんど》したものの、逃亡《とうぼう》した犯人のことを思い出す。

急いで周囲を見渡《みわた》すと、ものすごい数の人々がこちらを見守っていた。思わず怯《ひる》んだが、人垣《ひとがき》の向こう、丘の途中《とちゅう》で取り押さえられている男を発見した。ピクニックに来ていた人たちが

協力して捕《つか》まえてくれたらしい。ちょうどリヒトに引き渡されるところだった。

『ヴォルグルフ殿下《でんか》、バンザーイ！』

誰かが声を上げた。それはすぐに大きなうねりとなって、殿下コールが降り注いでくる。マイ手旗と思《おぼ》しき国旗を振る人も多い。

「す、すごいですね」

戸惑《とまど》う晴季の手を王子が握《にぎ》った。そして民衆に掲げてみせる。

『我らが宝、翡翠うさぎを救った英雄《えいゆう》は、私の大切な友人、晴季だ！　彼の勇気に敬意を！』

えっ、えっ、と戸惑う晴季をよそに、王子はヤーデルブルク語で高らかに何かを宣言した。

その途端《とたん》、大歓声《だいかんせい》が巻き起こる。

『ハルキ！　ハルキ！』

手拍子《てびょうし》とともに名前を繰《く》り返され、どうすればいいのか分からない。

「ジェイ、これって……」

「彼らからの感謝の気持ちだ。嫌《いや》でなければ、手を振って応《こた》えてやってくれ」

おろおろしつつ手を挙げて、ぺこりと頭を下げる。大歓声はますますヒートアップした。

それだけでも凄《すさ》まじい迫力《はくりょく》だが、とにかく大注目されていることに狼狽《ろうばい》した。

――ジェイはいつもこうなんだよな……。それなのに絶対『王子様』を崩《くず》さない。本当に、すごい精神力だな。

それが国民の期待に応えることだと、彼には信念があるのだと感じた。

どれほどの覚悟《かくご》だろう。いつ、それを決めることができたのだろう。

人々に与《あた》えて、与えて、与えて……それでいて自分は、与えられることを緩《ゆる》やかに拒《こば》んで。

兄弟同然だという悠大やリヒトにさえ、甘えずに、ひとりで気高く生きてきたのか。

誰からも愛されているのに、おそらく彼自身は、その愛は「生身の自分」に向けられたものではないと信じている。

それが真実かどうか、晴季には分からない。ただ……。

――おれ、……この人を支えたいな。

心の奥底から湧《わ》き上がってくるように、思った。強く、強く、思った。

……ジェイのこと、――好きだ。

もう認めるしかなかった。こんなふうに、胸が掻《か》き毟《むし》られるような愛《いと》しさがこの世にあるなんて、知らなかった。

隣に立つ王子を見上げる。黄金色の髪がまぶしくて、目を眇《すが》めた。キラキラと光の粒《つぶ》が舞《ま》い降りてくるみたいだ。

青い眸《ひとみ》が、晴季の視線に気づいてすぐにこちらに向けられる。

彼の視界に自分が入っている。それだけで、きゅんと胸が苦しくなる。

――そっか、これが恋《こい》か……。

「晴季？　……そんな瞳《ひとみ》で見つめられると、都合よく解釈《かいしゃく》してしまいそうなのだが……」

そんな瞳とは、一体。自分では分からず、俯《うつむ》いてしまう。

「殿下、彼を見せびらかしたいのは分かりましたから、そろそろ水から上がってください。風邪《かぜ》を召されます」

いつの間にかリヒトが川べりで、タオルを手に待機していた。

王子とともに上がると、ふかふかのタオルをあちらこちらから差し出される。どうやら近くの店の人たちが、わざわざ持ってきてくれたらしい。初めて嗅《か》ぐ柔軟剤《じゅうなんざい》の香《かお》りから、それぞれの持ち主の優《やさ》しさを感じた。

全身濡《ぬ》れ鼠《ねずみ》で躊躇《ちゅうちょ》したが、駆けつけた警備車両に、王子に抱きかかえられるようにして乗り込んだ。車が走り出すと、人々が手旗と歓声で見送ってくれた。

「うさぎはもう搬送されたんですよね？」

「ああ。すでに病院に着いているはずだ」

「よかった。……あ、トウフは？　待ちぼうけになっちゃうんじゃないですか？」

「そうだな。すぐに迎《むか》えの者をやろう」

王子も濡れているというのに、晴季の髪ばかり拭《ふ》いてくれる。タオルで頭を包み込み、大きな手で優しく……愛撫《あいぶ》するみたいに。

ドキドキした。タオル越《ご》しではなく、その指に直接触《ふ》れられたらどうなるのかな、なんてひとりで頬《ほお》を赤くする。

「晴季……」

ほとんど吐《と》息《いき》のような囁《ささや》きに、顔を上げた。

次の瞬間《しゅんかん》。タオルの両端《りょうはし》をグイッと引いた王子の胸に、晴季はぶつかるように飛び込んで……キス、されていた。タオルで作られた、ふたりだけの秘密の空間で。

――ジェイの唇《くちびる》だ……。

泣きたくなるくらい、嬉《うれ》しかった。

＊　＊　＊

王太子専用の広々とした入浴施設《しせつ》でふたりきりになるなり、どちらからともなく抱き合って唇を重ねる。

初めてキスされてからまだ数時間だというのに、好きだという気持ち一つで、まるで違《ちが》う。こんなふうに、くっつきたくてたまらなくなるものだなんて、知らなかった。もどかしく手を這《は》わせて、自分とは違う体つきにドキドキと胸を高鳴らせるなんて、こんなことが自分の身に起こるなんて考えてもみなかった。

同じように自分の体をまさぐられるのは恥《は》ずかしくてたまらないのに、この抱擁《ほうよう》を解きたくない。もっとくっつきたい。彼の体を包む布一枚でも邪魔《じゃま》だと感じる。

「……んっ！」

自分のシャツがたくし上げられ、裾《すそ》から手のひらが潜《もぐ》り込んでくるのが分かった。脇腹《わきばら》から背にかけて、余裕《よゆう》のない手つきで撫《な》でられる。

「晴季」

キスの合間に何度も呼ぶ声が、甘く掠れ、どこか上ずって聞こえる。

「……晴季、これは私の願望が見せた夢ではないな？　……おまえも、私を……」

「好き」

きっぱりと口にする。

精一杯《せいいっぱい》背伸《の》びをして、彼を抱きしめ、青い眸を見つめて告白する。

「あなたのこと、好きです。……ジェイが、好き」

「晴季！」

狂《くる》おしいほど、抱きしめられる。

キスをして、もどかしく頰ずりをして、頰に、首筋に、互《たが》いに唇を這わせる。

その時……ネックレスのチェーンに唇が触れた。

王子もまた、晴季のシャツを寛《くつろ》げて革紐《かわひも》に触れたらしい。

少しだけ顔を離《はな》して、見つめ合う。晴季は何も言わなかった。

彼の眸にはもう戸惑いはなく、シャツの下からそれを出してきた。——「同じ指輪」。

それを晴季の手のひらに載《の》せてくれた瞬間、指輪が熱を持ったように感じた。手の上のものだけでなく、首から下げている『神秘の翠』も。

晴季も出してきて、並べて載せた。

燃えるような熱を感じる。けれどそれは決して、火傷《やけど》を負うような実際の熱ではなかった。

そして手のひらから、幸福感が広がっていく。

――指輪が、喜んでる……？

無機物の感情など分かるはずがないのに、晴季にはそう思えた。

そして、並べて気づく。まったく同じに見えていたが、模様が微妙《びみょう》に違った。

「これって……？」

「初代の王が、まだ王座に就《つ》く前に作らせた『誓《ちか》いの翡翠《ひすい》』だ。一つの石から切り出され、片方が彼の愛する女性に贈《おく》られた。――『花嫁《はなよめ》の指輪』として」

まさか――それが『神秘の翠』だというのか。

辻占家の言い伝えでは、『神秘の翠』は、江戸《えど》時代中期に先祖の女性「たえ」が、神の遣《つか》いである『白馬』に授《さず》けられたとされている。

江戸時代中期といえば、約三百年前。現在のヤーデルブルク王国を初代の王が興《おこ》した時代と一致《いっち》する。

「この指輪には秘密がある。私は伝説となっている初代の王のロマンスに感銘《かんめい》を受け、ずっと『花嫁の指輪』の行方《ゆくえ》を捜《さが》していた」

「……自分のものにしたかった？」

「可能ならば引き取りたいとは思っていた。だが、辻占家でどれだけ大切に扱《あつか》われてきたかを知ってからは、日本にあることが『花嫁の指輪』の運命かもしれないと思うようになった」

「それなのに、どうしておれを連れてきたんですか？」

あんなに強引《ごういん》に、攫《さら》うような勢いで。

「王家の謎《なぞ》を解くためにはどうしても『花嫁の指輪』が必要だったからだ。だがそのためには、その指輪を借りなければならない。まずは信頼《しんらい》関係を築いてから切り出す予定だった」

「それだけ⁉　じゃあなんで、あなたの指輪をおれが見た時にあんな変な態度取ったんですか⁉」

あまりにも意味深だったから、行動に裏があるのではと疑ってしまったのに。

「………………動揺《どうよう》した」

「は？」

「動揺したのだ！　恋に落ちていることを自覚したばかりで、私の企《たくら》みを知られたらこの想《おも》いを疑われるのではないかと、嫌《きら》われるのではないかと咄嗟《とっさ》に恐《おそ》れた！　だから少しだけ冷静になる時間がほしかったのだ！」

──ええー……？　本当に、そんな理由……？

啞然《あぜん》としてしまった。あれだけ深刻に考えた自分が馬鹿《ばか》みたいに思えて。

「……こんな情けない自分を、おまえにだけは知られたくなかったのに。……なぜだ？　そのおまえの前でだけ、自分をコントロールできなくなる……」

悔《くや》しそうに溜《た》め息をつく王子に、胸がきゅんきゅんしてしまった。

なんなのだ、この可愛《かわい》さは。

どれほどの群衆の前でも完璧《かんぺき》にかっこいいくせに、自分のことなんかでこれほど揺《ゆ》らいでくれるなんて。

「人並みに恋愛《れんあい》はしてきたつもりだったのだが……知らなかった。真実の恋とは、これほどまでに人を脆《もろ》くするのだな」

ズキッと胸が痛んだ。こんな素敵《すてき》な人に恋愛経験がないなんて思っていたつもりはないが、彼の口から実際に聞かされると、思いがけないダメージを受ける。

「他《ほか》の人と比べないでください」

ハッと我に返った時には遅《おそ》かった。言うつもりなどなかった言葉が、勝手に唇から飛び出していた。

「比べたつもりなどない。比べることなどできない。私にとって晴季は、唯一無二《ゆいいつ》の存在だ。

……おまえだけが欲しい」

「じゃあ！　おれを、あなたのものにしてください……！」

王子の胸に縋《すが》りつく。手のひらから零《こぼ》れたふたつの指輪が、それぞれの胸元《むなもと》で揺れる。

「晴季……！」

すかさず抱《だ》き留められ、噛《か》みつくようなキスに襲《おそ》われた。

舌と舌を絡《から》め合い、吸い合う。四肢《しし》を絡ませ、互いの体をまさぐった。

快感と興奮に眩暈《めまい》がする。

恥ずかしさとか、男同士だとか、指輪のこととか、このキスの前ではすべてが吹《ふ》き飛ばされる。

ただ、ただ、この人が欲しい。この人の特別になりたい。

荒々《あらあら》しい呼吸が溶《と》け合い、唾液《だえき》の絡むいやらしい水音がひっきりなしに起こる。

くちづけながら、シャツを剝《は》ぎ取られた。濡《ぬ》れて肌《はだ》に張りつくのがもどかしかったのか、引きちぎらんばかりの強引さに、なぜかドキドキした。

完璧な笑顔《えがお》の『王子様』なんかじゃない。ここにいるのは、生身の恋人《こいびと》。

「ジェイ、好き……んっ」

首筋を強く吸われ、甘嚙みされた。

晴季も彼のシャツを脱《ぬ》がせる。指が震《ふる》えて、なかなかうまくできないけれど、少しずつ露《あらわ》になっていく彼のたくましい体に甘いときめきを覚える。

服の上からは分からない、バランスよくついた筋肉は、毎朝の稽古《けいこ》のおかげだろうか。しなやかな筋肉に指を這わせ、彼の真似《まね》をして歯を立てた。美味《おい》しいものを口にした時のように、唾液が溢《あふ》れてくる。

「……ジェイ……好き、……好き」

あむあむと食《は》みつつ熱に浮《う》かされたように囁《ささや》いたら、がぶっと胸に嚙みつかれた。

「あっ⁉」

「愛らしすぎて、食べてしまいたい」

膨《ふく》らみなんてない小さな胸の突起《とっき》を、彼は口に含《ふく》んでめちゃくちゃに吸う。

「あんっ……やっ、それ、へん……っ」

思ってもみなかった快感が走り、裏返った声が飛び出す。

じっとしていられない。彼の腕《うで》の中で晴季は身悶《みもだ》える。胸から肩《かた》、鎖骨《さこつ》、そしてまた胸と、熱い舌が這《は》わされる。

「待って、……洗ってなっ、川っ、……ジェイっ、待っ……！」

体をそんなに舐《な》められるなんて想像もしていなかった。

恥《は》ずかしさと、川に全身を沈《しず》めてしまったことをかろうじて覚えていて、この熱に流されまいと必死に伝える。

けれどどれだけ身を捩《よじ》っても彼の腕からは逃《のが》れられず、縋りついてあんあん啼《な》くことしかできない。

「もっ、立ってられな……っ」

「晴季、私の首に抱《だ》き付きなさい」

言われた通りにすると、いきなり抱き上げられた。

王子はそのままスタスタと歩き、広々とした湯船に晴季ごと浸《つ》かった。モザイクタイルの美しい装飾《そうしょく》が施《ほどこ》された、ローマ時代を彷彿《ほうふつ》とさせる立派な造りだ。水面《みなも》に白い花がいくつも浮かんでいた。

いつの間にかふたりとも衣服を何も身に着けていない。ネックレスにした指輪だけを纏《まと》っていた。

「……指輪……っ」

こんな大切なものを、着けたままにできない。

はふはふと息継《いきつ》ぎをしながら訴《うった》えると、王子は察して避難《ひなん》させてくれた。ふたり分の指輪を一緒《いっしょ》にして。

「見えるところにある方が安心だろう？」

並んだ翡翠は、いっそう艶《つや》やかに輝《かがや》いている気がする。

――やっぱり、喜んでる……？

王子の言う『誓いの翡翠』の話が真実だとしたら、ふたつの指輪は三百年の時を経て、ようやく再会できたことになる。

会いたかった、ようやく会えた、と抱き合っているのではないかと思った。

――ようやく、会えた……。

腕の中にいるこの人に対して、なぜか晴季もそう思った。

こんなにも人を愛《いと》しいと思えることへの不思議さと、この気持ちを教えてくれた王子に対しての想いが、そんな言葉になった。

どうして今まで、この人に出逢《であ》わずに生きてこられたのだろう。

「ジェイ……好き」

抱き付いて、自分から唇《くちびる》を寄せる。すかさず食《く》らいつかれた。少し痛いくらいの勢いで貪《むさぼ》られる。くちづけがまた首筋に降りてきて、舐《ねぶ》られ始めたから、吸われすぎてうまく動かない舌で「洗わなきゃ」とうわ言のように呟《つぶや》いた。

「私が洗ってやる。この湯は清潔だ。ほら、綺麗《きれい》になっただろう？　……晴季、綺麗だ」

優《やさ》しい温度の湯の中で、大きな手のひらが全身を這い、揉《も》み解《ほぐ》すように撫《な》でさすっていく。

そうされるだけで気持ちよくて、たまらなくて、王子に縋りついて裏返った声を零してしまう。

「あっ、あっ、……んっ、んぅ……」

「なぜ唇を噛む？　愛らしい声が聞こえないではないか」

かぶりつかれ、舌で唇をこじあけられた。彼の甘い舌を与《あた》えられたら、唇を開かずにいられない。晴季はもう、この熱い舌と唇が好物だと知っている。

「んぁっ、……らって…声、変れしょ……？」

「私は聴《き》きたい。おまえの甘い声は、私だけが聴くことを許された愛の調べだろう？」

「え？　……ん？　……分かんなっ、あぁっ」

突然《とつぜん》、胸の突起を摘《つ》ままれて、ビクビクッと体が跳《は》ねた。湯が波打つ。彼の膝《ひざ》の上で、体がふわふわ揺れる。晴季を抱き寄せていた大きな手が、背中から臀部《でんぶ》へと降りていく。尻《しり》を包まれ、揉みしだかれた。

思わず腰《こし》を突《つ》き出す。王子の腹に自身を押しつけてしまい……そこがいつの間にか兆《きざ》していたことを知る。

「あっ、……ご、ごめんなさい……っ」

「なぜ謝る？」

「……だって、はしたな……っ!?」

はしたない、と最後まで言えなかったのは、王子に腰を押しつけられたから。大腿《だいたい》に、なにやら想像をはるかに超《こ》えた大きさの熱い塊《かたまり》を感じるのだが……。

「私も謝らねばならないか？」

いたずらっぽく笑った王子に、抱き上げられた。

ざばっと湯が零れる。背中をタイルに押しつけられて、王子がのしかかってきた。

均整の取れた素晴《すば》らしい肢体《したい》が目に飛び込んできて、引き締《し》まった体にごくりと喉《のど》が鳴る。

そしてもっと下の方……繁《しげ》みの中にそそり立つ肉剣《にくけん》を見てしまい、その巨大《きょだい》さに戦慄《わなな》いた。

「……っ⁉」

「このままでは野獣《やじゅう》のように食らいついてしまいそうなのだ。少し付き合ってくれ」

両脚《りょうあし》をまとめて抱《かか》え上げられた。何が始まるのか分からず、晴季はされるままになる。

王子が腰を進めてきた。凶器《きょうき》のような昂《たかぶ》りを……なんと、晴季の閉じた脚の間に差し込む。

「っ⁉　な、なに……？」

「晴季——愛している」

にゅるっ、と熱い塊が動いた。脚の間を前後し、晴季のものにこすりつけられる。

ビリビリッと電流を背筋に流されたような感覚に、「あんっ」とあられもない嬌声《きょうせい》が漏《も》れる。

——何⁉　これ、何っ⁉

バッと両手で口を押さえたら、すかさず次の刺激《しげき》に襲われた。

「んんっ！」

突如《とつじょ》、理性をかなぐり捨てたように、王子が律動を開始した。肌と肌がぶつかる音、燃えるような下半身の熱、そして……ギラギラとした欲望を眸《ひとみ》に宿して見下ろしてくる彼に、晴季は興奮した。

剝《む》き出しの欲望をぶつけられて怖《こわ》いのに、新たな彼の一面を見られたことが嬉《うれ》しい。こんな自分にこれほど興奮してくれるのかと、胸がじわりと熱を持つ。

王子のものが自分のものにこすりつけられて、抽挿《ちゅうそう》される。激しい揺《ゆ》さぶりに、タイルの上を体が滑《すべ》る。不安定さが怖くて、口を押さえ続けていられなかった。無意識のうちに両手でバランスを取ろうとしながら、あんあん啼く。もうこの嬌声が自分のものだと認識《にんしき》して羞恥《しゅうち》を感じる余裕《よゆう》もないくらい、翻弄《ほんろう》されていた。

「あっ、あんっ、あん！　……いくぅ……っ！」

頭が真っ白になり、四肢が痙攣《けいれん》する。

それからさらに激しく腰を打ち付けられて、彼も「……クッ！」と息を詰《つ》めた。

胸に、熱い飛沫《ひまつ》が散らばる。

息を乱しながら、晴季の脚を下ろした王子がのしかかってきた。

凄絶《せいぜつ》な色気を感じる。かっこいい、と思った時には、唇を塞《ふさ》がれていた。

舌を差し込まれ、めちゃくちゃに貪られる。息が苦しくて、朦朧《もうろう》とするのに、やめたくない。この唇を離《はな》したくない。熱いキスをくれる彼を抱《だ》きしめ、黄金の髪《かみ》に指を絡《から》めた。

「晴季っ、……晴季！」

「……すご……。こ、れが……せっくす？　……もち、い……」

舌がうまく動かない。

「すまない……少しは冷静になれると思った行為《こうい》だったが……逆効果だった。暴走しそうだ」

「あっ⁉」

首に噛《か》みつかれた。舐る舌と、啄《ついば》む唇の感触《かんしょく》。チリッと微《かす》かな熱が走る。それが鬱血《うっけつ》を残す愛撫《あいぶ》だなんて、晴季は知らなかった。

射精の余韻《よいん》でぼんやりとしている晴季の体を、まるで餌《えさ》にむしゃぶりつく肉食獣のような熱心さで、王子は貪る。

体の隅々《すみずみ》まで揉みしだかれ、舐められ、吸い上げられる。キスを交《か》わせる唇はともかく、乳《ち》首《くび》やら臍《へそ》やら、肩《かた》やら手首やら、手足の指一本一本に至るまで……指の間にまで彼の舌が及《およ》ぶなんて、考えてもみなかった。そしてそんななんでもない部分が感じるなんて、想像もできなかった。

本当に食われているみたいだ。強く吸われる時の熱も、歯を立てられる時の僅《わず》かな痛みも、少し怖くて、やけに甘くて、じりじりと興奮する。

「……お、れ、……美味《おい》し……？」

「食べてしまいたい」

さっきも聞いた科白《せりふ》を、さっきとはまったく違《ちが》う唸《うな》るような声で告げられ、ゾクゾクした。

大きく脚を広げさせられても、恥ずかしいのに抗《あらが》えない。彼のものとは比べものにならないサイズの昂りを口に含《ふく》まれた時も、苦しいくらい脚を抱え上げられてその奥の蕾《つぼみ》を舐められた時も、ただ、彼のすることを受け入れて喘《あえ》ぎ続けることしかできなかった。

何度達したか分からない。

こんなにたくさん精液が出せるなんて、自分の体なのに初めて知った。

蕾を舐めて解され、指を何本も出し入れされてぐちゅぐちゅといやらしい音をさせる頃《ころ》には、快感のあまり泣き喚《わめ》いた顔は、どうしようもないほどみっともなくなっていたに違いない。それなのに。

「可愛《かわい》い、晴季。愛《いと》しすぎて……胸が張り裂《さ》けそうだ」

そんなふうに言ってくれるから、嫌《きら》われていない、よかった……と、また泣きそうになった。

「ジェイ……すき」

「……晴季っ！」

感極《かんきわ》まったような咆哮《ほうこう》とともに、抱き起こされた。湯の中で王子の膝に乗せられ、掻《か》き抱《いだ》かれる。そして秘部に、灼熱《しゃくねつ》を感じた。

「っ!?　あーっ……‼」

挿《は》いってくる！

ものすごく大きなものが自分の中に潜《もぐ》り込んでくる感覚を、晴季は圧迫感《あっぱくかん》と苦しさで感じた。痛みはない。むしろ甘く痺《しび》れるような未知の感覚に戦慄《せんりつ》した。あっ、あっ、あっ……と声にならない悲鳴が断続的に喉から絞《しぼ》り出される。

まだ、まだ、圧迫感が奥へと進んでくる。串刺《くしざ》しにされる、と思った。怖いのに、胸が甘く疼《うず》いた。

「……クッ、……持っていかれそうだ……！」

苦しげに呻《うめ》く王子の声が、掠《かす》れて、セクシーで……ゾクッとした。

視線が絡む。青い眸が欲望でギラついている。こんな野生の獣《けもの》みたいな荒々《あらあら》しさをこの人が隠《かく》し持っていたことに、一体、この世界の何人が気づいただろう。自分だけだったらいいのに、と思った。他《ほか》の誰《だれ》にも、この人のこんな猛々《たけだけ》しさを見せたくないと、痛切に願った。

「……おまえはまた、そのような瞳《ひとみ》で……！　すべて赦《ゆる》される気になってしまうだろう……！」

「っ、ああッ！」

最奥《さいおう》を穿《うが》たれた。湯の中で揺すられ、晴季は仰《の》け反る。鎖骨《さこつ》にかぶりつかれた。その刺激に、きゅんと蕾を締めつけてしまう。

王子が息を詰めた。繋《つな》がったまま、ザバッと湯を跳ねさせてタイルに押し上げられる。すかさず抽挿が開始された。めちゃくちゃで、リズムなんかない律動に、晴季は翻弄されることしかできない。

繋がった場所はもう痺れて感覚などなかった。それでも中で熱を感じる。瞼《まぶた》の裏で光が瞬《またた》く。キラキラと美しい純白の光景は、彼を初めて占《うらな》った時と似ていた。けれどまったく違うのは、この真っ白なただの光でさえ、愛《いと》しく感じるということ。

「——愛している！」

その叫《さけ》びが王子のものなのか、自分のものなのか、分からないくらい気持ちがシンクロして……絶頂を迎《むか》えていた。

いつの間にか脚を絡ませていた彼の体が小さく痙攣し、奥の、奥に……熱を感じた。気のせいかもしれない。けれど、腹の底から幸福感がじわじわと全身に広がっていくこの感覚は、晴季にとっての真実だ。

ドサッと王子が晴季の上にくずおれてきた。互《たが》いに胸を喘がせながら、ぴたりとくっつく。この人が愛しい。この体を抱きしめられることが幸せでたまらない。

無意識のうちに頬《ほお》ずりをする。しなやかな筋肉に覆《おお》われた腕《うで》に唇《くちびる》で噛みついたのも、深い意味のない行為だった。

けれどなぜか、ググッと腹の圧迫感が増した気がして……未《いま》だ埋《うず》められたままの彼のもののせいだと、甘い疼きにしばし身悶《みもだ》えてから気がついた。

「……なんで？　また、おっきく……あんっ」

勢いよく引き抜《ぬ》かれた。

王子は凄絶な色香《いろか》を放ちながら、勢いよく晴季を抱き上げる。胸の上にふたつの指輪を押しつけるように置き、息を乱して吐《は》き捨てた。

「ベッドに着くまで、これ以上煽《あお》らないでくれ」

なんのことを言われているのだろう。煽ったりなんかしていないのに。

理解できないまま巨大なベッドに運ばれ、またしてもがぶがぶ噛まれながら愛された。

体の隅々まで……肌《はだ》も、髪も、そして内側からも、隙間《すきま》なく王子の匂《にお》いを染《し》みこまされる。この人にも、少しでも自分の匂いがついたらいいな、と思った。お互いに、抱き合う前とは違う体になっていればいい。

軋《きし》むベッドの枕元《まくらもと》には、ふたつの指輪が仲睦《むつ》まじく並んでいた。

＊　＊　＊

「……すまない。暴走した」

しおしおと謝る王子に、あ、はい、ソウデスネ……と、晴季は心の中で同意する。喘ぎすぎたら声が出なくなるなんて、知らなかった。

——お水、欲しいな。

ベッドサイドの水差しを見ると、すぐに気づいてグラスに注《つ》いでくれる。

「起きられるか？」

ケホケホと咳《せ》き込みながら、王子の助けを借りて上半身だけ起き上がると、自分の体のいたるところに散らばる鬱血と噛み痕《あと》にギョッとした。満身創痍《まんしんそうい》という言葉が頭を過《よぎ》る。

——何これ……!?

「すまない。……暴走した」

同じフレーズを繰《く》り返し、王子がうっすらと頬を染めている。なんなのだ、その可愛さは。

自分を組み敷《し》いていた時の荒々しさや力強さとのギャップに、胸がギュンとなる。

「本当にすまない。さすがに痛いだろう？」

確かにヒリヒリするが、それよりもいまだ熱をもって甘く疼いている部分の方が気になる。

――まだ、ジェイが挿いってるみたいだ……。

などと、考えてしまった自分に赤面した。しかもその疼きが愛しいなんて。

「……じょ、ぶ」

掠れ声で、なんとか伝える。安心させたくて微笑《ほほえ》むと、まぶしそうに見つめられた。

手を添《そ》えてもらって水を飲む。カラカラに渇《かわ》いていた喉《のど》が潤《うるお》されていく。

「その……本当に、痛い思いをさせてしまったことは反省しているのだ。だが……愛しいおまえの体に跡《あと》を残せるという快楽に酔《よ》ってしまった……。自分にこのような性癖《せいへき》があるなどと、今日初めて知った。……おまえといると、私は知らない自分を突《つ》きつけられてばかりだ。……どうしても赦せないことがあれば、すぐに教えてほしい。おまえを失うことだけは耐《た》えられない。なんとか自制してみせるから」

そんなに反省しなくていいのに。苦笑《くしょう》して彼の頬を撫《な》でた。

肌を強く吸い上げられたり、甘く歯を立てられるたびに、痛みではなく刺激《しげき》と受け取って興奮してしまった時点で、自分も同罪だ。

手を取られ、くちづけられる。初めて会った時、タキシード姿の王子に同じことをされたのが、遠い昔のようだ。

——あれ？『神秘の翠』は？

きょろきょろと見回すと、枕元に揃《そろ》えて置いてあったふたつの指輪を彼は手に取った。

「ここにある。身に着けておくか？」

——大丈夫《だいじょうぶ》です。置いておいてください。

身《み》振《ぶ》りで示すと、そのようにしてくれた。

彼は、晴季の意思を無視して勝手に『神秘の翠』を使ったりしない。心の底から、そう信頼《しんらい》できる。

王子が望んでいる王家の謎解《なぞと》きに協力することは、もう心に決めている。けれど咲と叔父《おじ》、充希にも、きちんと報告して、許しを得てからにしたい。『神秘の翠』は晴季のものではなく、辻占家の家宝なのだから。

それにしても、一体何時間睦み合っていたのだろう。窓から見える空が、とっぷりと暮れていることが気にかかる。

「あー……今夜のことだが、この部屋に泊《と》まるのはどうだろう？　いや！　決して、さらに無体なことをしようというつもりはないのだ。ただ、今の状態で部屋には帰せない。帰したくない」

優《やさ》しく抱《だ》きしめられて、晴季は頷《うなず》いた。さすがに咲とも顔を合わせるのが気まずい。せめて今夜だけは。

「咲には……私から話してもいいか？」

――いいえ！　おれが、自分で、明日《あした》話します。

ぶんぶんとかぶりを振って、必死に訴《うった》えた。

咲にはきちんと、自分の口から伝えたい。この人に恋《こい》をしたこと、愛し合う関係になったこと、……そしてこれからのことを相談しなければ。

今後、王子とどんなふうに関係を続けていけるかは分からない。彼の立場や、自分の責任を考えると、容易でないことは明らかだ。けれど、なんとかこの人を支えていける道はないか、限界まで模索《もさく》したい。

「分かった。咲には、ただ外泊《がいはく》するとだけ伝えておこう。悠大がかなり咲を気に入っているようだから、退屈《たいくつ》はさせないだろう」

「……り、がと」

「こちらこそ。ありがとう、晴季。――私に愛を与《あた》えてくれて」

とろけるように微笑んで、キスをくれた。

その言い回しに、以前晴季が彼を詰《なじ》った、「人に与えまくっておきながら、人には与えさせない」という科白《せりふ》を覚えているのかな、と思った。

その晩、晴季は熱を出した。初めての行為《こうい》が原因だろうことは明白で、一晩中、王子が甲斐《かい》甲斐《がい》しく世話を焼いてくれた。

朝方にはすっかり熱も下がり、ふたりで抱き合って眠《ねむ》った。優しい腕に包まれて……守られている安心感に、またこの人が好きだな……と想《おも》いが募《つの》った。

いつもの起床《きしょう》時間になり、今日の朝稽古《げいこ》はやめると言う王子と、いつも通りにしてほしいと言う晴季の間で、少し口論になった。

「この通り、もう声もほとんどちゃんと出るし、熱だってありません。おれも後で、少しだけ見学に行きますから……ね？」

グラディウスとの和解を前向きに考え始めた今、これまで日課としてきた朝稽古を中断したりしてほしくなかった。以前聞いた時、嵐《あらし》だろうが大雪だろうが関係なく、たとえ高熱に浮《う》かされている時でさえ決して休まず続けてきたと言っていたくらいなのだから。

「……分かった。稽古には行こう。だが晴季は、朝食まできちんと休んでいてくれ。稽古が終わったら迎えに来る」

そして朝とは思えない濃厚《のうこう》なキスを施《ほどこ》して、晴季をベッドに縫《ぬ》いつけてから王子は部屋を出ていった。

うっかり昨日のことを思い出してしまって、体が熱い。

――なんだか、すごいことになっちゃったなぁ……。

まさか男の自分が同じ男性と、しかも一国の王太子と恋に落ちるなんて、想像もしていなかった。人生とは何が起こるか分からないものだ。

後悔《こうかい》は微塵《みじん》もしていない。ただこれからのことを考えると、やはり幸せに浸《ひた》ってばかりもいられない。

体の熱が引いてから、晴季は身支度《みじたく》を整えた。昨夜のうちに王子が用意しておいてくれた着《き》替《が》えはサイズがぴったりで、ごくシンプルなのに、袖《そで》を通した瞬間《しゅんかん》に着心地《きごこち》のよさに驚《おどろ》いた。上質とはこういうことか。きっと王子の普段着《ふだんぎ》もそうなのだろう。

枕元にふたつ並べて置かれている『誓いの翡翠』を、少し悩《なや》んで、ふたつとも首にかけた。いくら王子の私室とはいえ、置いていくのは不安だ。王子と入れ違《ちが》いになった時のことを考えて、書き置きを残して部屋を出た。

すぐに廊下《ろうか》で使用人とすれ違ったから、やはり預かっておいた方が安心だと思った。

早朝の清々《すがすが》しい空気の中、いつもの朝稽古の場所へと向かう。

歩くたびにあらぬ場所に違和《いわ》感《かん》を覚えたり、シャツと擦《こす》れる肌《はだ》にチリチリとした痛みを感じたりしたが、つらくなどなかった。これはすべて、好きな人が自分を愛してくれた証《しるし》。そう思うと痛みさえ愛《いと》しく感じる。癖《くせ》になりそうで少し怖《こわ》い。

ひとりで照れつつ建物を出ると、遠目に朴訥《ぼくとつ》とした姿を見かける。

——グラディウスさんだ！

まさかこんなに早く会えるとは思っていなかった。しかし、そういえば以前も、早朝に稽古場所の近くで見かけたことを思い出す。

——もしかして、朝稽古を見守ってたりするのかな……？

そうだったらいいのに。そして同時に、今朝も強引《ごういん》に王子を送り出してよかったと思う。

軋む体に鞭《むち》を打ち、彼に駆《か》け寄る。

「おはようございます、グラディウスさん」

「お客人。私と一緒《いっしょ》にいるところを人に見られない方がいいと申し上げたはずですが？」

厳しい顔つきに少し怯《ひる》んだが、彼の頭の上で、うっさー伯爵《はくしゃく》がぴょんこぴょんこ跳《は》ねてくれているおかげで怖さ半減だった。

——ありがとう、うっさー伯爵。

「あの、この先で、毎朝あなたのお弟子《でし》さんたちが剣《けん》の稽古をしてるんですが、ご存じですか？」

「……私には弟子などおりません」

「ええと、あなたが剣術を教えてらしたかつての少年たち、です。……今から見学に行くので、よかったらご一緒しませんか？」

断られるだろうか。けれど自分がこうして誘《さそ》うことで、王子の気持ちに変化が兆《きざ》したことが少しでも伝わったらいいな、と思った。

グラディウスは黙《だま》ってしまった。

無理《むり》強《じ》いしては逆効果だろう。しばしの沈黙《ちんもく》の後、晴季は「また気が向いたら、声をかけてください」と言って、すれ違った。

そして数歩進んだ時だった。

突然《とつぜん》、目の前に衛兵たちがザザッと立ち塞《ふさ》がる。いつも礼儀《れいぎ》正しく接してくれる彼らが、なぜか恐《おそ》ろしい顔つきでこちらに銃《じゅう》を構える。

「えっ⁉」

『おとなしくしろ！』

ヤーデルブルク語は理解できないが、彼らが自分を捕《と》らえようとしていることだけは分かる。

『待ちなさい。彼はヴォルグルフ王太子の客人です』

グラディウスが落ち着いた態度で何かを言ってくれた。

『そんなことは分かっています。残念ながら、あなたにも共謀《きょうぼう》の容疑がかかっています。おとなしく拘束《こうそく》されてください』

『共謀？　一体、なんの？』

『窃盗《せっとう》です。この方が先ほど、殿下《でんか》の私室から出てくるのを目撃《もくげき》した者がいます』

『たったそれだけで窃盗だと？　殿下のご意志は確かめたのですか』

『我々は命じられた任務を遂行《すいこう》するまでです！』

ワッと数名が群がってくる。抵抗《ていこう》しようとした晴季に、グラディウスが声をかける。

「お客人。ここは抵抗しない方が得策でしょう。殿下がいらっしゃればすぐに容疑は晴れます」

なんの容疑か分からないが、グラディウスを信じることにした。おとなしくされるがままになると、手荒《てあら》なことはされなかった。

しかし両腕《りょううで》を後ろで拘束され、所持品の検査をされると、事態は一変する。

『ネックレスを二つも？』

シャツの上から、ふたつの指輪を探《さぐ》り当てられてしまった。

「それは……！」

引っ張り出される。振り子のように揺《ゆ》れて、ふたつがぶつかる。

「手荒にしないでください！　大事なものなんです！」

『これが盗《ぬす》まれたものではないか⁉』

ぐいっと引っ張られて、前のめりになった。

グラディウスの目が指輪を捉《とら》える。ふたつあることで、昨日と同じ誤解をされたかもしれないと焦《あせ》った。

「ひとつはジェイから預かったものです！　昨日、あれからちゃんと教えてくれました！」

『おい、誰《だれ》か、盗まれた品が何か知ってるやつはいないか？　これでいいのか？』

ふたつとも首から外されてしまう。

「返してください！」

衛兵に怒鳴《どな》ったら、拘束がきつくなった。ひどい痛みが腕から背中にかけて走る。

『とりあえずこれを押収《おうしゅう》して……うおっ⁉』

衛兵がぶら下げている翡翠《ひすい》の指輪に、ぴょーんとうっさー伯爵が跳《と》びかかった。

『翡翠うさぎを傷つけたら、減俸《げんぽう》に降格処分ですな』

『こっ、これはどうしたらいいのですか、調査員っ』

『はてさて、私はしがない生態調査員ですから、なんとも……。ふむ、どうやらうさぎは、その指輪を玩具《おもちゃ》と勘違《かんちが》いしている様子。それをお客人に返したらいかがですかな？』

『そっ、そんなわけにはっ、うわー』

じゃれつかれ慣れていないらしく、衛兵は手を右に左に動かして避《よ》けるだけで、その場から一歩も動けない。完全に及《およ》び腰《ごし》だ。

他《ほか》の衛兵たちもおろおろと成り行きを見守ることしかできなかった。翡翠うさぎとは、屈《くっ》強《きょう》な衛兵たちをこれほどまでに恐れさせるほど、珍重《ちんちょう》される存在だったのか。

わーわー騒《さわ》いでいたせいか、数人の野次馬が現れだした。そして稽古《けいこ》場所の方から、人が駆けてくる。

王子とリヒト、それに悠大がそれぞれの手に剣を持ち、さらに咲まで走ってくる。

――ジェイ！　咲！

安堵《あんど》のあまり足が震《ふる》えた。

「これは何事だ!?」

凛《りん》とした王子の声が響《ひび》く。居合わせた誰もが、ビシッと姿勢を正した。うっさー伯爵はどこかへ行ってしまう。

立ち止まった王子は、ぐるりと辺りに視線を走らせ、カッカッと晴季の前まで歩み寄ってきた。

しかし『王子様』の表情を崩《くず》さず、まずは進み出てきた衛兵に視線を向けた。

『申し上げます！　殿下の私室に於《お》いて窃盗が発生したとの報《しら》せを受け、こちらを押収いたしました！』

両手で誇《ほこ》らしげに差し出した衛兵から、王子は指輪をふたつとも受け取った。

『そうか、ご苦労。その報せとは、誰からもたらされたものだ？』

ひとりの女性が、野次馬の中から出てきた。さっき廊下ですれ違った使用人だ。

『私《わたくし》です。殿下のご寝所《しんじょ》から、周囲をうかがいながら隠《かく》れるように出てこられるその方を目撃しました』

『それだけで通報を？』

『はい。その方に不審《ふしん》な動きがあればすぐに報せるようにと、あらかじめ申しつけられておりましたので』

『誰から？』

『ゲイン・パークス議員です』

――今、パークスって言った？

知った単語だけを、耳が拾った。

『なるほど。よく分かった』

王子が衛兵から晴季を優《やさ》しく取り戻《もど》し、拘束を解いてくれる。

そして彼らに見せつけるように、ネックレスをふたつとも晴季の首にかけた。

人々が息を呑《の》む。その視線の先には、怒《いか》りを露《あらわ》にした王子がいた。

『皆《みな》、よく聞いてくれ。この方は私の大切な、かけがえのない友人だ。そのせいでこのような事態に巻き込んでしまったことが、非常につらい。きみたちは今後、誰の言葉に耳を傾《かたむ》けるべきか、各々《おのおの》よく考えてほしい』

ヤーデルブルク語で告げた後、晴季に向き直る。

彼は剣を地に突《つ》き立て、その隣《となり》で片膝《かたひざ》をついた。それから胸に拳《こぶし》を当て、ゆっくりと頭を下げる。

周囲がザワッと揺れた。

「晴季、これは我が国に伝わる、正式な謝罪のスタイルだ。このことは城中に電光石火で伝わるだろう。これでもうお前を貶《おとし》められる者はいない。……すまなかった」

「いえっ！　おれは平気です！　だから顔を上げてください！」

慌《あわ》てて自分も跪《ひざまず》き、王子の手を握《にぎ》った。

一瞬《いっしゅん》だけ、交《か》わされた眸《ひとみ》が恋人《こいびと》同士の甘さを孕《はら》む。すぐに払拭《ふっしょく》されたが、晴季の心を満たすには充分《じゅうぶん》だった。

「それより、おれが話しかけたりしたから、グラディウスさんを巻き込んでしまったみたいで……すみません」

グラディウスも既《すで》に拘束を解かれていた。そしていつの間にか、うっさー伯爵《はくしゃく》も彼の肩《かた》の上に戻っている。

もしかしてうっさー伯爵は分かっていて、さっきは衛兵の邪魔《じゃま》をしたのではないかと思ってしまった。それくらい賢《かしこ》そうだ。

王子が立ち上がり、グラディウスに向き直った。

その場に緊張《きんちょう》が走ったのが分かる。このふたりの関係を知らぬ者などいないのだろう。

少し離《はな》れた場所に、悠大とリヒトがいて、彼らを見守っている。

咲は心配そうに晴季を見ていた。目が合って、深く頷《うなず》くと、ようやく少しホッとしたように頰《ほお》を緩《ゆる》めた。

「なぜ、汚名《おめい》を雪《すす》がないのですか」

突然《とつぜん》響《ひび》いた、凛とした問いかけ。

――えっ⁉　ちょっ、いきなり⁉

ギョッとした。聞きたいなら聞けばいいとけしかけたが、もう少し前置きとか……！　とひとりで慌てる。

「必要ないからだ」

晴季の狼狽《ろうばい》をよそに、グラディウスは淡々《たんたん》と答える。この弟子《でし》にしてこの師ありか。

「必要ない？」

ギリッと歯ぎしりする王子に、空気がピンと張りつめた。――と、その時。

「師匠《ししょう》！」

横から悠大の声がして、ポーンと剣《けん》が飛んできた。

――ええっ⁉　あんな重い物を……⁉

晴季が両手でやっと持てるものを、軽《かろ》やかに投げて、放物線の先で難なく片手で受け取る彼らに、心の底から驚愕《きょうがく》した。

さらには受け取った途端《とたん》、グラディウスが剣を構えたことにも驚《おどろ》いた。

「晴季、少し離れてろ」

王子も剣を構える。

ザワザワッと人々の輪が大きく後退する。衛兵たちでさえ、誰《だれ》も止めに入ろうとしなかった。

輪の中央に王子とグラディウスだけが残され——一瞬の完全なる静寂《せいじゃく》の後、カッ！　と剣が合わされた。

火花が散ったかと思った。

金属同士がぶつかる甲高《かんだか》い音、鋭《するど》い動き。朝稽古でリヒトとの手合わせを何度も何度も見ていたけれど、気迫《きはく》が違《ちが》った。

動きに無駄《むだ》がない。次々と繰《く》り出される王子の攻撃《こうげき》を、グラディウスが悠然《ゆうぜん》と受け止めていく。

力の差は歴然としていた。やがて——。

ガッ……！　鈍《にぶ》い音が響いて、王子の手から剣が離れた。

グラディウスの完全勝利だった。

静まり返った空間に、肩で息をする王子の呼吸音だけが聞こえる。

王子が負けた——この場をどう収めるのか、誰もが固唾《かたず》をのんで見守っていた。

『どうして、汚名を雪がないのですか。——我が師よ』

王子が発した言葉に、人々が驚愕したのが分かった。

なんと言ったのだろう。言葉が分からないことが、心から悔《くや》しい。

視線がグラディウスに集まる。

彼はたっぷり間を開けて、おもむろに口を開いた。

「必要ないと言っただろう。……私は名誉《めいよ》のためになど生きていない。たとえ王や、あなたの命令に背《そむ》いても、それがあなたがたのためになるなら――私は躊躇《ためら》わない。真実は私の中にある」

訥々《とつとつ》と告げられたのは、あまりにも無骨で、それでいて絶対的に信頼《しんらい》できるものだった。

――ああ、だから……占《うらな》った時、明滅《めいめつ》してたんだ……。

やはり心から王子を想《おも》っていたことに間違《まちが》いなかった。そのことがとても嬉《うれ》しかった。

『さすが師匠、かっちょいー』

『時間がある時で結構です。また稽古をつけていただけないでしょうか』

悠大とリヒトが続けて声を上げると、グラディウスを見る人々の目に完全な敬意が宿るのを感じた。

しかし、当の本人は。

「私はしがない『翡翠《ひすい》うさぎ生態調査員』ですから」

それだけ言って、去っていく。どこからかうっさー伯爵が戻ってきて、ぴょーんぴょーんと彼の頭の上で跳《は》ね始めた。

悠大とリヒトが王子の傍《そば》にきて、三人でグラディウスを見送る。三人とも、穏《おだ》やかな表情をしていた。

咲もぱたぱたと小走りに寄ってくる。

「兄さん、平気？　どこも痛くない？」

一瞬、昨夜のことかと誤解して狼狽してしまった。よく考えたら拘束《こうそく》されていたことだったのだが。

咲には話さなければならないこと、話したいことがたくさんある。

何から話せばいいかな……と考えていたら。

「にっ、兄さん。どうして『神秘の翠』がふたつもあるの？　……わっ、赤い斑点《はんてん》がいっぱい！」

――うわっ。みっ、見えてた!?

慌てて襟元《えりもと》を押さえてキスマークと嚙《か》み痕《あと》を隠したが、「はしかかな？　つらい？　つらいよね？　早く病院……」とおろおろする咲に、申し訳なくなってきて、まずはこれが病気ではないことから説明しよう……と腹を括《くく》った。

＊　＊　＊

怒濤《どとう》の日々だった。

咲にすべてを告白した三日後、晴季は帰国の途《と》に就《つ》いた。

なんと、王子もついてきた。彼の訪問は事前に充希たちに報《しら》せておいたものの、さすがに話の内容は会うまで言えなかった。

叔父《おじ》と充希を前に、『神秘の翠』の来歴を説明し、王子が望んでいる謎解《なぞと》きに協力したいことを話し、家族全員の賛成を得られたところまではよかったが……。

恋《こい》の話を前に、躊躇した。咲に話した時も同じだった。

なかなか言い出せない晴季の手を、隣《となり》に座っていた王子が、そっ……と握ってくれて。青い眸《ひとみ》が、大丈夫《だいじょうぶ》だ、と頷《うなず》いてくれたから、ようやく勇気を出すことができた。

「充希、叔父さん、ごめんなさい。おれ、この人のこと……好きになってしまいました」

「なんで謝るの？　王子様と恋人同士になったってだけだろ？　兄ちゃん、すごいじゃん！　王子様のハートを射止めちゃった！」

瞳《ひとみ》をキラッキラさせてガッツポーズしてみせる充希に、え、そういう反応？　と晴季は呆然《ぼうぜん》とした。

男同士で何を言っているのかとか、冗談《じょうだん》だと疑われるとか、様々な反応をシミュレーションしてきたが、こんな返事は予想していなかった。

「じゃあ、兄ちゃんはお后様《きさき》になるの？」

無邪気《むじゃき》に尋《たず》ねる充希に、ドキッとした。

彼がやがて王座に就く時、自分は一体どこにいるのだろう……と、漠然《ばくぜん》とした不安を感じていたから。それなのに。

「そうだ」

王子は即答《そくとう》した。

「正式に后として迎《むか》えるには雑多な手続きを経なければならないし、晴季には后として必要な知識を身に付けてもらわねばならないが、私個人の気持ちとしては、今すぐにでも結婚《けっこん》したい」

「ええっ⁉」

驚愕《きょうがく》したのは、晴季だけだった。

「なぜ驚《おどろ》くのだ⁉　まさか、私に生涯《しょうがい》独身を貫《つらぬ》けなどと言わないだろうな……⁉」

「あはは！　王子様、まっさお～」

「充ちゃん、真剣《しんけん》な人をからかっちゃダメだよ」

「はぁい。ごめんなさい」

わぁわぁ騒《さわ》いでいると、それまでずっと黙《だま》っていた叔父が、おもむろに咳払《せきばら》いをした。

見たこともないくらい、真剣な表情。……いや、昔、一度だけ見たことがある。両親が亡《な》くなって兄弟三人だけ残された時……まったく同じ表情で言ってくれた。「これからは叔父さんが、おまえたちの親代わりだから」――と。

「殿下《でんか》。一つだけ、確認《かくにん》したいことがあります」

――『神秘の翠』のことだ。

晴季は居住まいを正した。

ところが。

「それは本当に、正式な婚姻《こんいん》なのですね？　男同士で、しかも王家で……簡単なことではないと思います。もしも晴季が日陰者《ひかげもの》にされるというなら、私は絶対に反対です」

びっくりした。突然《とつぜん》の父の逝去《せいきょ》から晴季が占《うらな》いを始めるまでの空白の三年間、ひとりで『神秘の翠』を守ってきた叔父は、家業に再び空白ができることを何よりも恐《おそ》れると思っていたのに……。真っ先に確かめるのが、まさか晴季のことだなんて。

「……叔父さん……」

「晴季も、ちゃんと覚悟《かくご》はできているのか？　見たところ、きちんと意思疎通《そつう》ができていなかったようだが」

言葉に詰《つ》まった。本当にそうだ。自分はまだ、実ったばかりの恋に浮《う》かされている状態かもしれない。

――ちゃんと覚悟を決めないと。

この人を支えたい、という願いではない。この人を支えていく、という覚悟。

この人の隣で、一生、ともに生きていくという決意。

「叔父上、ご心配はもっともです。我が王国は同性婚に障害はないとはいえ、王太子となると世継《よつ》ぎを望む声が上がることも承知の上。しかし幸いなことに、王位継承者《けいしょうしゃ》は百名を超《こ》えます。問題は国の存続ではなく、国民感情。世論で政治家は動くゆえ――ようは、国民を味方につければいいということ。根回しは念入りに行います。晴季が常に、太陽のもとで、私の隣で笑っていられるよう、全力を尽《つ》くすと誓《ちか》います」

そう宣言した王子の不敵な笑《え》みを、晴季は生涯忘れることがないだろう。あ、大丈夫だ……

どんな障害も乗り越《こ》えて行ける、とすんなり信じてしまえる、絶対王者の笑みだった。

初めて見る『王子様』以外の表情に、家族は戦《おのの》きつつ、応援《おうえん》してくれることになった。

それからようやく、『神秘の翠』のことについての話し合いが始まった。

晴季は、一定期間ごとに王国と日本を行き来することを提案したが、叔父は静かに首を振《ふ》った。

「晴季の負担が大きすぎる。『花嫁の指輪』の話を聞いてからずっと考えていたんだが……『神秘の翠』は、王家に返すべきだと私は思う」

「……え!? そんなことしたら、辻占家の占いは……!」

「三百年も、日本で人々に道を示し、一族に恩恵《おんけい》をもたらしてきてくれた。これ以上、対《つい》の指輪と離《はな》れ離《ばな》れにしているのは、『神秘の翠』が可哀想《かわいそう》じゃないか?」

まさか叔父が、自分と同じように感じてくれるとは思っていなかった。そのことはとても嬉《うれ》しい。けれど、拙《つたな》い晴季の占いを見捨てずに、これまでともに歩んできてくれた顧客《こきゃく》たちのことを考えると、勝手な理由で放り出すわけにはいかない。

晴季がその気持ちを口にすると。

「ならば、占いの稼働《かどう》日数を極限まで減らした上で、緊急《きんきゅう》時には私がプライベートジェットを飛ばそう。晴季と顧客のどちらに動いてもらうかは、その時々の判断でどうだ?」

王子がとんでもないことを言いだした。

「ふおー! さすが王子様! スケールが違《ちが》うね! その時はついでに俺も乗せてってくださ

いね!?　咲ちゃん、美味《おい》しいお店に案内してね？　もちろん叔父さんも行くよねー？」

きゃっきゃとはしゃいですべてを受け入れる充希に、もしかして我が家で最強なのはこの末っ子なのか……？　と、今さら気づいて、尊敬のまなざしを送った晴季だった。

充希のおかげで深刻になりすぎることなく話は進み、今後の方針と顧客への対応が決まるやいなや、王子は「根回し」を開始した。

ヤーデルブルク王国の主要産業が「情報」だったことを晴季が実感するのは、もう少し先の話だ。

＊　＊　＊

初代の王の王冠《おうかん》も収められている『ヤーデルブルクの間』で、王子とふたりきり、『創始の書』を前に立った。

とうとう彼の願いであった、謎《なぞ》を解く――『創始の書』を開く時がきた。

ふたつ揃《そろ》った『誓いの翡翠』が、その鍵《かぎ》になるのだという。

「これは初代の王が残した、私文書簡だと言われている」

「私文書？　あれ？　王家の謎が解けるんじゃ……？」

遠慮《えんりょ》がちに尋《たず》ねると。

「そうだ。我が王家の長年の謎である、初代王のルーツが、この中に記されているだろうと言われている。初代王に関しては、数多くの伝説と、いくつかの公的記録でしか残されていないのだ。どのような経緯《いきさつ》で王座に就いたか、またどういった形で退いたかも分かっていない」

「え、王様なのに？」

「不思議だろう？　まるで意図的に痕跡《こんせき》を消そうとしたかのようだ」

歴史というものは曖昧《あいまい》で、誰《だれ》の手によって書かれたかで、すべてが決まると言っても過言ではない。その時々の権力者が、自分たちの都合のいいように記す。客観的事実というものは、時として闇《やみ》に葬《ほうむ》られる。だから後の研究が進むことによって、定説が覆《くつがえ》されるということが起こり得るのだ。

歴史好きの晴季はそのことをよく知っているが、この国の初代王の場合は、そういった障壁《しょうへき》はないように思えるのだが。

――確かに、謎かも。

「二代目の王は初代の実子とされているが、実は初代は、大公時代の恋人《こいびと》への愛を貫《つらぬ》き通して生涯《しょうがい》独身だったという言い伝えも残っているのだ。二代目は養子にした甥《おい》だと」

「それって……この指輪の？」

「そう、日本人女性。辻占家の先祖で間違《まちが》いないだろう」

『神秘の翠』を見つめると、翡翠《ひすい》に刻まれた不思議な模様に吸い込まれそうになる。

占いの際に幾度《いくど》となく感じた感覚だ。

「これって、古代ヤーデルブルク文字なんですよね？　なんて書かれてるんですか？」

「実はそれこそが『鍵』なのだ。古代ヤーデルブルク文字は、職人によって装飾《そうしょく》の癖《くせ》がある。装飾の部分を排除《はいじょ》して読むのが一般《いっぱん》的だ。ここを見てくれ」

彼はまず、自分の指輪を摘《つ》まみ、くるりと回して見せた。

『『み』『お』『つ』『く』『し』と読める」

なんだか、どこかで聞いたことがあるような。

「なんていう意味なんですか？」

「分からなかった。該当《がいとう》する単語がこの国にはないのだ。古語も探《さぐ》ってみたが、見当たらなかった。そこで私は、単語ではなく単なる音ではないかと推理した。これは、異国の恋人からの――彼へのメッセージだったのではないかと」

「……じゃあ、日本語っていうこと？」

み、お、つ、く、し。――みおつくし。

「あっ！　澪標《みおつくし》か！」

理解した瞬間《しゅんかん》、泣きそうになった。自分の先祖である彼女が、一体どんな気持ちでこの言葉を恋人に贈《おく》ったのかを想像して。

物理的に、彼の乗る船が座礁《ざしょう》しないよう航行の安全を祈《いの》ったのか、彼がこれから執《と》る国政という舵捌《かじさば》きの難しさを想い、比喩《ひゆ》的に、彼の人生に澪標が現れることを祈ったのか、それとも……彼女自身が「身を尽《つ》くし」たいと、掛詞《かけことば》としての願いを籠《こ》めたのか。

真相は分からない。ただ、この言葉を異国の恋人に贈った彼女の人柄《ひとがら》が、少し分かったような気がした。

「でも、よく『澪標』なんて単語に辿《たど》りつけましたね。よっぽど日本語に習熟してないと……」

ハッとした。悠大の存在や、忍者《にんじゃ》がどうのという可愛《かわい》らしいエピソードに、ほのぼのして信じてしまっていたが、彼がこれほどまでに日本語が流暢《りゅうちょう》なのは、もしかして。

晴季の考えたことが分かったのか、王子は照れたように微笑《ほほえ》んだ。

「私にとって初代王は幼い頃《ころ》からの英雄《えいゆう》で、彼のロマンスは憧《あこが》れでもあった。絶対に『花嫁の指輪』を捜《さが》し出して『創始の書』を紐解《ひもと》いてみせると決意して、猛勉強《もうべんきょう》したのだ」

「どうりで……！　いくらなんでも流暢すぎると思った！　普通《ふつう》、目的もなしに言語ってなかなか習得できないですよね？　ましてや極東の島国でしか使われてない言語なんて」

何がツボに嵌《は》まったのか、王子がクックッと喉《のど》で笑う。

「おかげで、晴季とこうして自分の言葉で話すことができる。『誓いの翡翠』には感謝している」

ちゅ、と指輪にくちづける優美な姿に、ドキドキさせられてちょっと悔《くや》しい。

自分ばかりが、どんどん好きになっている気がする。

「それで、『神秘の翠』にはなんて書かれてるんですか？」

「単語としては『ペントラ・ネフリーティカ』だ。直訳すると『翡翠』

なんとも直接的な。けれど、直訳ということは、意訳も存在するわけで。

「そこに籠められた意味は、『永遠』と『私の愛』だ。――あなただけを永遠に愛すると、誓ったのだろう」

一体、初代王はどれほどの想《おも》いを籠めて、その言葉を刻んだのだろう。

晴季は『神秘の翠』――『花嫁の指輪』を見つめた。

恋人へ贈った「みおつくし」と対《つい》になった「ペントラ・ネフリーティカ」。

この指輪が触《ふ》れた相手の行動に対して『是《ぜ》』か『非』かを示すという不思議な力を発揮するようになったのは……遥《はる》か彼方《かなた》の異国で道を模索《もさく》する恋人への「澪標」の想いからだったのかな、と晴季は思った。真実は分からないけれど。

「晴季、『花嫁の指輪』をここに置いてくれるか？　この図柄《ずがら》と同じ部分を上にして」

王子が示したのは、『創始の書』の中央にある文字の部分。

『創始の書』は、書と言いながら、真鍮《しんちゅう》の箱のようなものだった。シンプルな鍵穴《かぎあな》が四方にあり、厳重に封《ふう》をしたいという強い意志がうかがえる。箱に装飾らしい装飾はなく、ただ中央にふたつ、図柄――古代ヤーデルブルク文字が刻まれていた。

晴季は言われた通りに、指輪をくるりと回し、該当の図柄が真上に来るように、そっと置いた。

王子も彼の指輪をそこに置く。ふたつの指輪が並び、一部が接した。

「やはりそうか……！」

青い眸《ひとみ》が歓喜《かんき》の色に輝《かがや》く。

「え？　何が起こったんですか？」

「接したところを見てくれ。装飾の部分が繋《つな》がり、どちらの指輪にもない新たな文字を生みだしているのだ！」

「ええ⁉」

びっくりして覗《のぞ》き込んだが、どこが文字かまったく分からない。ただ、線と線は確かに繋がっていた。綺《き》麗《れい》な模様だ。

離《はな》れ離《ばな》れになっていたふたつの指輪が一緒《いっしょ》にならなければ、この模様はこの世のどこにも存在していなかったのだと思ったら、なんだかせつない。

「私と同じ速度で、指輪を回してくれるか？　……そう、その調子だ。ゆっくりと頼《たの》む」

王子は真剣《しんけん》なまなざしで、『誓いの翡翠』が示す儚《はかな》い『鍵』を読み取った。

一周回し終えて、しばし沈黙《ちんもく》する。『鍵』の意味を考えているのだろうか。

「……力を貸してくれてありがとう、晴季。開けてみよう」

物理的な鍵を鍵穴に差し込み、王子は慎重《しんちょう》に回し始めた。ヤーデルブルク語で数字を唱えながら。

どうやらそれが、今読み取ったばかりの『鍵』らしい。

四つ角の鍵穴で順に、違《ちが》う数字を唱えたら……ガチッと鈍《にぶ》い金属音がして、ふっと書が浮《う》き上がった気がした。封が解かれ、蓋《ふた》の部分が持ち上がったのだ。

思わず顔を見合わせる。期待と不安が綯《な》い混ぜになった目をする王子の手を、晴季はぎゅっと握《にぎ》りしめた。

――大丈夫《だいじょうぶ》。どんな歴史が明かされようと、おれが一緒に受け止めます……！

彼は深く頷《うなず》き、書に向き直った。ゆっくりと……蓋を持ち上げる。

そしてとうとう、おそらく三百年ぶりに、『創始の書』は呼吸を始めた。

「……うわ、すごい……」

本の体裁《ていさい》は取られていなかった。ぎっしりと詰《つ》まった書き付けの数々。その中に、和紙や折りたたまれた浮世絵《うきよえ》が挟《はさ》まっている。

「これは、日本のものだな？」

王子が手に取ると、その下にあった肖像画《しょうぞうが》が目に飛び込んできた。

「あ、白馬」

葉書《はがき》サイズの紙に、白馬に乗った青年が描《えが》かれていた。凛々《りり》しい中に優《やさ》しさが見える。

「これが初代の王か……。おそらく恋人に贈ったものの習作だろう」

それを取り上げると、下から和紙に包まれた女性の絵が出てきた。墨絵《すみえ》で、日本髪《にほんがみ》を結《ゆ》っている。その絵の横に流れる文字――みおつくし、という言葉を贈りたいと綴《つづ》られていた。何か言葉がほしいと、その前の手紙で乞《こ》われていたことへの返事らしい。最後の記名は「たえ」。

――「たえ」さん！

それは、辻占家に伝わる初代の女性の名前、そのものだった。

――この人が、おれのご先祖様……？

とても不思議な心地《ここち》になる。三百年もの時を経ているというのに、手紙一枚で、こんなにも身近に感じられる。

それ以降も次々と重要な書き付けや書簡が出てきた。

そのうちの一枚、手紙の下書きと思《おぼ》しきものにしたためられていたのは……。前王家の悪政によって苦しんできたヤーデルブルク王国の民衆を見殺しになどできないということ、王座に就《つ》く決意をしたが、同時に優秀《ゆうしゅう》な甥を養子に迎《むか》えて次の王となるべく教育を施《ほどこ》すこと、そしていつか――迎えにいく、と。この翡翠の指輪にかけて誓《ちか》う、と記されていた。

「これって……！」

「ああ。……言い伝えは本当だったようだな」

王子は静かに、『創始の書』を閉じた。

「……公表するの？」

「いや。国王には報告するが、おそらく歴史が書き換《か》えられることはないだろう」

「……ジェイは、それでいいんですか？」

幼い頃から追い求めてきた答えを、ようやく手に入れたというのに。

本音を言えば、晴季もこれらの書き付けが多くの人の目に晒《さら》されるのはいやだなと思ったけれど。

「私個人としても、この書は軽々しく扱《あつか》われていいものではないと思う。だが、半生をかけて捜《さが》し求めたことは正しかった」

彼にとって、初代の王はそれほどまでに重要な存在だったのか……と、思ったら。

「なぜなら、おまえに出逢《であ》えたのだから」

突然《とつぜん》、力強い腕《うで》に抱《だ》き寄せられた。きゅんと胸が甘く疼《うず》く。

「本当ですね。偶然《ぐうぜん》だったけど…」

「この世に偶然などというものはない。必然、あるいは——運命だ」

力強く言い放った彼に、晴季はこの国の未来を見た気がした。

この人は必ず、立派な王になる。

「晴季、私たちは『今』出逢った。三百年前は恋路《こいじ》を辿《たど》るだけで命がけだったが、今や飛行機でたった十四時間だ。しばらくはもどかしい思いをするだろうが、近い将来、必ず正式な后《きさき》に『迎え』る。それからはずっと、私とともにいてくれるな?」

「——はい」

深く、深く頷《うなず》いたら、王子が幸福に満ち溢《あふ》れた笑顔《えがお》で、ちゅ、と晴季の左手の薬指にキスをした。

「これで、名実ともに『花嫁の指輪』だな。——晴季、愛している」

情熱的なくちづけに攫《さら》われる。

おとぎ話ではない、現実のキスをくれるこの人が愛《いと》しくて、せつなくて……。

三百年前。いつか迎えに行くと誓《ちか》った初代王が、人知れず約束を果たせていたことを——心から願った。

＊　＊　＊

その後、やたらと空港で見かける王子がやけに幸せそうで、その隣《となり》には常に、翡翠《ひすい》うさぎを助けた勇敢《ゆうかん》な「ハルキ」がいる……と手旗を振《ふ》る人々の間で噂《うわさ》になることを、この時の晴季はまだ知らない。

あとがき

はじめまして、こんにちは。水瀬結月《みなせゆづき》と申します。

このたびは拙著《せっちょ》をお手に取ってくださり、ありがとうございました。

挿絵《さしえ》を描いてくださった、明神《みょうじん》　翼《つばさ》先生。とっても素敵《すてき》なイラストを、本当にありがとうございました！　王子と晴季とうっさー伯爵《はくしゃく》と、うさぎのおしりにメロメロです……！（悶絶）

そして担当様はじめ、拙作の制作・販売《はんばい》にお力添《ちからぞ》えくださったすべての皆《みな》さまに、心より御《お》礼《れい》申し上げます。いろいろとご迷惑《めいわく》をおかけしました。足を向けて寝《ね》られません。本当に。

最後までお付き合いくださった皆さま、ありがとうございました。少しでもお楽しみいただけていたら、とても嬉《うれ》しいです。

実は時々、番外編同人誌を作っております。ご興味がありましたら、お手数ですが、検索《けんさく》してみてくださいね。おそらく通販《つうはん》をお願いしている書店さんがヒットするかと思います。

またどこかで……できれば次は、次男の咲のお話などでお会いできたらいいな〜と、ふんわり企《たくら》んでおります。またよろしければ、チェックしてみてくださいね。

皆さまのご健康と、ご多幸と、いちゃラブ遭遇《そうぐう》運をお祈《いの》り申し上げます。それでは〜。

＊　おまけのいちゃラブＳＳ『嫁入《よめい》りまでの、わりと日常』　＊

彼の体の重みを感じる。いつもベッドで優《やさ》しくのしかかられている、あの感覚。

やけにリアルで、一瞬《いっしゅん》、自分が王国にいるのかと思った。けれどここは日本の自宅だ。占《うらな》いのために十日間の予定で帰国して、就寝《しゅうしん》前に、まだあと三日も会えないのだと……日に日に薄《うす》くなっていくキスマークと噛《か》み痕《あと》をせつなく撫《な》でたのを覚えている。だからこれは、夢。

王子は遠く離《はな》れた王国の空の下で、そろそろ眠《ねむ》りに就《つ》こうとしている頃《ころ》だろうか。

それとも、彼ももう夢の中？　もしかして、ふたりの夢が繋《つな》がっている？

――こんなところまで、おれに会いに来てくれたんですか？

「ああ。会いたくてたまらなかったのだ。私の晴季……」

思いがけず、耳元で響《ひび》いた艶《つや》やかな声。耳朶《じだ》に彼の唇《くちびる》の熱さまで感じる。夢ってすごい。

――ジェイ、キスして。

すぐに唇が降りてきた。額に、頬《ほお》に……目を閉じているのに、彼の甘い微笑《ほほえ》みまで見える。

――もっと。そんな優しいのじゃなくて……跡《あと》、つけて？　あなたを感じさせて？

こんな恥《は》ずかしいこと、現実では言えないから。せめて夢の中だけでも。

「……クッ！　そのように愛らしいことを……！　またしても暴走してしまうではないか」

――しないの？　ジェイにいっぱい愛されたいな……。こんなやらしいおれ、嫌《きら》い……？

「ますます夢中になるに決まっているだろう！　晴季――愛している……！」

唇に食《く》らいつかれた。熱い舌が潜《もぐ》り込んできて、舌を搦《から》め捕《と》られる。くちゅくちゅと淫靡《いんび》な音が生じる。なんてリアル。パジャマの下に潜り込んできた手も、がぶがぶ噛みつかれる甘い痛みも、まるで本当に彼がここにいるみたいで……。衣服を剝《は》ぎ取られ、熱い唇が体中を這《は》い……性急に解《ほぐ》されたその場所に、彼のものを受け入れる。

——あっ、あん……おっきい……ジェイの、好き……気持ち、い……。

心の中で呟《つぶや》いたら、めちゃくちゃに揺《ゆ》さぶられた。体が燃えるように熱い。本当に腕《うで》の中に彼がいて、情熱をこの身に埋められているようだ。ふたり分の荒《あら》い呼吸が絡《から》み合い、ギシギシとベッドが鳴る。王子の黄金の髪《かみ》が、朝の光の中、降り注いでくるみたいに揺れ……熱情を宿した青い眸《ひとみ》に、捉《とら》えられた。本当にリアル……というか、リアルにもほどがある⁉

「え？　あれ？　……ジェイ？　……え⁉　まさか、本物⁉　なんで……ああんっ⁉」

腰《こし》から下がとろけるような甘さに襲《おそ》われる。びっくりして見ると、晴季は大きく脚《あし》を開いていた。その間に、王子がいる。怪訝《けげん》そうな表情で。

「……晴季？　……まさかと思うが……夢だとでも、」

ドンドンドン！　突然《とつぜん》、部屋のドアが激しくノックされた。

「もしもーし、あとたった三日が我慢《がまん》できなくて自家用ジェットで飛んできちゃったサプライズ王子様～！　兄ちゃん起こせましたかー⁉　ここ開けていいですかー⁉」

扉越《とびらご》しに聞こえてきた充希の声に、晴季は現状を把握《はあく》して真っ赤になった。どうしよう⁉

＊おわり＊

KADOKAWA RUBY BUNKO

翡翠《ひすい》の花嫁《はなよめ》、王子《おうじ》の誓《ちか》い

水瀬《みなせ》結月《ゆづき》

角川ルビー文庫　R168-5　19941

平成28年10月1日　初版発行
平成28年11月15日　再版発行

発行者――三坂泰二
発　行――株式会社KADOKAWA
〒102-8177　東京都千代田区富士見2-13-3
電話 0570-002-301（カスタマーサポート・ナビダイヤル）
受付時間 9:00～17:00（土日 祝日 年末年始を除く）
http://www.kadokawa.co.jp/

印刷所――暁印刷　製本所――BBC
装幀者――鈴木洋介

本書の無断複製（コピー、スキャン、デジタル化等）並びに無断複製物の譲渡及び配信は、著作権法上での例外を除き禁じられています。また、本書を代行業者などの第三者に依頼して複製する行為は、たとえ個人や家庭内での利用であっても一切認められておりません。
落丁・乱丁本は、送料小社負担にて、お取り替えいたします。KADOKAWA読者係までご連絡ください。（古書店で購入したものについては、お取り替えできません）
電話 049-259-1100（9:00～17:00/土日、祝日、年末年始を除く）
〒354-0041　埼玉県入間郡三芳町藤久保550-1

ISBN978-4-04-104396-7　C0193　定価はカバーに明記してあります。

©Yuduki Minase 2016　Printed in Japan

どろどろに甘やかしてやる。
覚悟しろ。
水瀬結月
イラスト／桜城やや
預ったのは狐と人間のハーフの子狐!?
強面刑事とドキドキ子育て!
こぎつね こんこん恋結び
楓が偶然出会ったのは人間と狐のハーフの子供!?　しかも強面刑事の鷲嶽から
住み込みのベビーシッターを依頼され、一緒に住むことになって…!?
ルビー文庫